唐·温庭筠 撰
明·曾益 注

温飛卿集箋注

中國書店

詳校官戶部員外郎臣牛稔文

臣紀昀覆勘

欽定四庫全書　　集部二

溫飛卿集箋註　　别集類一　唐

提要

臣等謹案溫飛卿集箋註九卷明曾益撰

國朝顧予咸補輯其子嗣立又重訂之凡注中不署名者益原註署補字者予咸注署嗣立案者則所續註也益字予謙山陰人其書成于天啟中予咸字小阮長洲人順治丁亥進

士官至吏部考功司員外郎嗣立字俠君康
熙壬辰進士由庶吉士改補中書舍人曾注
謬譌頗多如漢皇迎春詞乃詠漢成帝時事
而以漢皇為高祖邯鄲郭公詞為北齊樂府
舊題郭公者傀儡戲也舊本訛詞為祠遂引
東京郭子儀祠以附會祠字之訛嗣立悉為
是正考據頗為詳核然多引白居易李賀李
商隱詩為註雖李善注洛神賦遠遊履字引

繁欽定情詩爲證古人本有此例然必謂夜
宴謡裂管字用白居易翕然聲作如管裂句
曉仙謡下視九州字用賀遥望齊州九點烟
句生禖屏風歌銀鴨字用商隱睡鴨香鑪換
夕薫句似乎不然是亦一短也唐藝文志載
庭筠握蘭集三卷金荃集十卷詩集五卷漢
南真稿十卷宋志亦同陳振孫書録解題作
飛卿集七卷又陸游渭南集有溫庭筠集跋

稱其父所藏舊本以華清宫詩爲首中有早
行詩後得蜀本則早行詩已佚文獻通考云
温庭筠金荃集七卷别集一卷是宋刻已非
一本矣曾本合爲四卷名曰八义集以作賦
之事名其詩頗爲杜撰嗣立此注稱從所見
宋刻分詩集七卷别集一卷以還其舊疑即
通考所載之本又稱采文苑英華萬首絶句
所録爲集外詩一卷較曾本差爲完備然總

之非唐本之舊也乾隆四十九年八月恭校

上

總纂官臣紀昀臣陸錫熊臣孫士毅

總校官臣陸費墀

欽定四庫全書

温飛卿集箋註卷一

明曾　益原註

長洲顧予咸補輯

顧嗣立重訂

雞鳴埭歌 一作曲 補 李延壽南史齊武帝車駕數幸琅邪城宫人常從早發至湖北埭雞始鳴故呼為雞鳴埭 金陵志 雞鳴埭在青溪西南潮溝之上齊武帝早遊鍾山射雉至此始聞鷄聞

南朝天子射雉時 嗣立案南史齊武帝永明六年五月左衛殿中將軍邯鄲超表陳射雉書奏賜死九月壬

寅于琅邪城講武習水步軍九年九月戊辰幸琅邪城講武觀者傾都普頒酒肉

銀河耿耿星參差白帖天河謂之銀漢亦曰銀河

銅壺漏斷夢初覺張衡渾天儀記以銅為器實以清水下各開孔以玉虯吐漏水入兩壺嗣立案南齊書武帝數遊幸苑囿載宫人從從車宫内深隱不聞端門鼓漏聲置鐘於景陽樓上宫人聞鐘聲早起裝飾至今此鐘惟應五鼓及三鼓也

寶馬塵高人未知史記李斯傳中廐之寶馬臣得賜之補徐陵移齊文庸蜀寶馬彌山不窮

魚躍蓮東蕩宫沼吳曾漫錄樂府江南詞魚戲蓮葉東魚戲蓮葉西魚戲蓮葉南魚戲蓮葉北

濛濛御柳懸棲烏紅妝萬户鏡中春補費昶行路難至尊離宫百餘處千門萬户不知曙

碧樹一聲天下曉班固西都賦珊瑚碧樹周阿而生嗣立案淮南子桃都山有大樹名曰蟠桃枝相去三千里山上有天雞日初出照此木天雞即鳴天下雞隨皆應之

盤踞

勢窮三百年張勃吴録諸葛亮謂大帝曰鍾山龍蟠石頭虎踞補隋薛道衡傳郭璞云江表偏王三百年還與中國合庾信哀江南賦將非江表王氣終于三百年乎

朱方殺氣成愁烟補吳地志吳改朱方曰丹徒江淹賦爰契潤于朱方晉天文志條條片片殺氣也

彗星拂地浪連海補淮南子鯨魚死而彗星出　彗星為欃槍注亦謂之孛言其形孛孛然如埽帚

戰鼓渡江塵漲天嗣立案南史陳後主荒于酒色不恤政事隋文帝大作戰船使投柹於江曰若彼能改吾又何求及納蕭巋蕭巖隋文愈忿以晉王廣為元帥督八十萬總管致討補家語子貢曰兩壘相望塵埃相接庾信賦塵埃漲天

繡龍畫雉填宮井禮記天子龍卷劉熙釋名衮卷也畫卷龍于衣也又王后之上服曰褘衣畫翬雉之文于衣也補南史隋軍克臺城貴妃與後主俱入井隋軍出之晉王廣命斬于青溪中南畿志景陽井在

臺城内陳後主與張麗華孔貴嬪投其中以避隋兵舊傳闌有石脈以帛拭之作臙脂痕名臙脂井一名辱井在法華寺

野火風驅燒九鼎 嗣立案南史大皇佛寺起七層墖未畢火從中起飛至石頭死者甚衆左傳武王遷九鼎於洛邑

殿巢江燕砌生蒿 廣雅砌阤也詩呦呦鹿鳴食野之蒿注菣也即青蒿

十二金人霜炯炯 司馬遷史記始皇收天下兵聚之咸陽銷以為鐘鐻金人十二重各千石置宮廷中

芊綿平綠臺城基 南畿志臺城在鍾山側補容齋隨筆晉宋後謂朝廷禁省為臺故稱禁城為臺城

暖色春空一作容荒古陂寧知玉樹後庭曲 嗣立案陳書後主貴妃遊宴使諸貴人女學士與狎客共賦新詩互相贈答采其尤豔麗者以為曲調被以新聲選宮女有容色者以千百數令習而歌之其曲有玉樹後庭花臨春樂等大抵皆美張貴妃孔貴

嫱之容色也舊唐志玉樹後庭花太蔟商曲也陳後主所作其曲云妖妃臉似花含露玉樹流光照後庭

留待野棠如雪枝崔豹古今注棠梨合歡也

織錦詞

丁東細漏侵瓊瑟一作瑤影轉高梧月初出梁簡文帝詩避暑高梧側輕風時入襟詩月出皎兮補公孫乘月賦猗嗟明月當心而出簇蔌金梭萬縷紅秘閣閒話蔡州蔡氏七夕禱天得金梭詳卷三鴛鴦艷錦初成匹劉孝威詩蒲萄始欲罷鴛鴦猶未成嗣五案葛洪西京雜記霍光妻遺淳于衍蒲萄錦二十四匹散花綾二十五匹綾出鉅鹿陳寶光家寶光妻傳其法霍顯召入其第使作之機用一百二十鑷六十日成一匹錦中百結皆同心梁武帝詩

腰間雙綺帶夢為同心結紫亂雲盤相間深陸翽鄴中記錦有大茱萸小茱萸蒲萄文錦桃核文錦補杜甫白絲行萬草千花動凝碧王子年拾遺記嚅支國有列堞錦文似雲霞覆于日月如城雉樓堞也此意欲傳傳不得玫瑰作柱朱弦琴補司馬相如子虛賦其石則赤玉玫瑰晉灼曰玫瑰火齊珠也嗣立案才調集徐注沈約詩實琵玫瑰柱尚書大傳大琴朱弦為君裁破合歡被古詩文彩雙鴛鴦裁為合歡被星斗迢迢一作寥寥共千里補古詩迢迢牽牛星皎皎河漢女謝莊月賦隔千里兮共明月象齒一作尺熏鑪未覺秋補左傳象有齒以焚其身西京雜記天子以象牙為火籠謝惠連雪賦燎熏鑪兮炳明燭江淹別賦共金鑪之夕香碧池中才調集作已有新蓮子補庾信詩深紅蓮子豔細錦鳳皇花

夜宴謠

長釵墜髮雙蜻蜓碧盡山斜開畫屏虯須一作頿公子五侯客魏志崔琰虯須對客直視荀悅漢志谷永與齊人樓護俱為五侯上客一飲千鍾如建瓴補孔叢子平原君與子高飲強子高酒曰昔有遺辭堯舜千鍾孔子百壺子路嗑嗑高飲百榼古之賢無不能飲者也吾子何辭焉漢書高帝紀下兵于諸侯譬猶高屋之上建瓴水也鸞咽奼一作妖唱員無節說文鸞赤文五彩鳴中五音補張率相思歌兒流唱聲欲清舞女趁節體自輕眉斂湘煙袖回雪海錄碎事唐明皇令畫工畫十眉圖一曰涵煙眉補張衡舞賦裾似飛燕袖如回雪清夜恩情四座同莫令溝水東西別補卓文君白頭吟今日斗酒會

明旦溝水頭蹀躞御溝上溝水東西流

亭亭蠟淚香珠殘郭茂倩樂府詩集作濺　庾信對燭賦銅荷承蠟淚鐵鈌染浮煙

暗露曉樂府詩集作小**風羅幕寒**見卷二**飄飄**一作颯**戟帶儼相次二十四枝龍畫竿**典畧天子戟二十有四詳卷三**裂管**

縈弦共緐曲補白居易詩翁然聲作疑管裂　隋煬帝詩清歌宛轉緐弦促**芳尊細浪**

傾春醪補盛弘之荆州記淥水出豫章康樂縣其閭烏程鄉有酒官取水為酒酒極甘美與湘東酃湖酒年常獻之世稱酃淥酒　酃淥醽醁同

高樓客散杏花多補曹植詩明月照高樓流光正裴回　崔寔四民月令引農語二月昏參星夕杏花盛桑葉白

脈脈新蟾如瞪目補張衡靈憲姮娥奔月是為蟾蜍　劉孝綽詩攢柯半玉蟾　王延壽魯靈光殿賦齊首目以瞪眄　埤蒼瞪直視也

蓮浦謠

鳴橈軋軋谿溶溶杜甫詩鳴橈總發時黲綠平煙吳苑東吳苑註詳下

水清蓮媚兩相向鏡裏見愁愁更紅補梁昭明太子采蓮曲桂櫂蘭橈浮碧水江花玉面兩相似白馬金鞭一作鞍大堤上補隋煬帝詩白馬金貝裝橫行遼水傍陳沈炯詩陳王裝腦勒晉后鑄金鞭襄陽樂歌朝發襄陽城莫至大隄宿大隄諸女兒花豔驚郎目西

江日夕多風浪補梁簡文帝曲采蓮渡頭擬黃河郎今欲度畏風波費昶采菱歌日斜天欲暮風生浪未息荷心有露似驪珠薛道衡詩荷心宜露泫庾信詩秋露似珠員莊子千金之珠必在九重之淵驪龍頷下能得珠者必遭其卧也不是真員亦搖蕩補白居易詩荷露雖團豈是珠

郭處士擊甌歌 補段安節樂府雜録唐武宗朝郭道源善擊甌率以邢甌越甌十二隻旋加減水其中以箸擊之

佶栗金虯石潭古 說文虯龍子無角玉篇虯無角龍也俗作虬 句陂瀲灩幽修語 嗣立案徐注漢地里志潭水至壽入芍陂木華海賦浟湙瀲灩李善曰瀲灩相連之貌 湘君寳馬上神雲 劉向列女傳舜陟方死于蒼梧二妃死于江湘之間俗謂之湘君嗣立案屈原楚詞湘夫人朝馳余馬兮江皋又靈之來兮如雲 碎佩叢鈴滿煙雨 嗣立案詩雜佩以贈之傳佩玉上有蔥珩下有雙璜衡牙蠙珠以納其間楚辭湘君捐余玦兮江中遺余佩兮澧浦詩和鈴央央傳和在軾前鈴在旂上 吾聞三十 一本無三十字 六宮花離離 李賀詩三十六宮土花碧 輭風

吹春星斗稀補魏武帝樂府月明星稀烏鵲南飛玉晨冷吟一作磬破昏夢上清紫晨君經上皇先生紫晨君蓋二儀之裔玉晨之精天露未乾香著衣徐注列星圖天乳一星在氐北主甘露占明潤則甘露降蘭釵委墜垂雲髮後漢梁冀傳冀妻孫壽造倭墮髻補古今注墮馬髻今無復作者倭墮髻一云墮馬之餘形也古樂府頭上倭墮髻司馬相如賦雲髮豐豔小響丁當逐回雪曹植洛神賦飄飄兮若流風之回雪晴碧煙滋重疊山補江淹詩閨草含碧滋宋玉高唐賦重疊增益羅屏半掩桃花月太平天子駐雲車補漢武故事帝乘小車畫雲其上王建宮詞太平天子朝元日五色雲中駕六龍龍鑪勃鬱雙蟠拏補梁沈約和劉繪博山香鑪詩蛟螭盤其下驤首盼曾穹宮中近臣抱扇

立杜甫詩雲移雉尾開宮扇侍女低鬟落翠花杜甫詩戶外昭容紫袖垂亂珠觸

續正跳蕩補白居易琵琶行嘈嘈切切錯雜彈大珠小珠落玉盤傾頭不覺金烏

斜補張衡靈憲日陽精之宗積而成烏烏有三趾唐太宗詩紅輪不暫駐烏飛豈復停我亦為君

長歎一作太息絨情遠寄愁無色莫霑香夢綠楊絲千里

春風正無力嗣立桼北魏樂府楊白花春風一夜入閨闥楊花飄蕩落南家含情出戶脚無力拾得楊花淚霑臆

遐水謠

天兵九月渡遐水馬蹋沙鳴雁聲一作驚雁起邊地圖鳴沙在沙州沙角

山沙如乾糖人馬過此則沙鳴有聲聞數里外或隨人足而墮經宿復還山上即禹貢所稱流沙殺氣

空高萬里情塞寒如箭傷一作雙眸子狼煙堡上霜漫漫段成式酉陽雜俎狼糞烟直上烽火用之枯葉飄一作號風天地乾犀帶鼠裘

無暖色官制中書舍人犀帶佩魚補杜甫詩暖客貂鼠裘清光炯冷黃金鞍補沈約白馬篇白馬紫金鞍停鑣過上蘭黃塵如霧罩一作昏亭障嗣立集秦始皇紀築亭障以逐戎人匈奴傳築城障列亭顧胤云障山中小城亭候望所居也庾信詩蕭條亭障遠悽慘風塵多隴

首年年漢飛將柳惲詩亭皋木葉下隴首秋雲飛漢書李廣為右北平太守匈奴號曰漢之飛將軍

麟閣無名期未歸漢書甘露三年單于入朝上思股肱之美乃圖畫大將軍霍光等十一人

於麒麟閣武帝獲麒麟時作此閣

樓中思婦徒相望 沈約詩高樓切思婦西園遊上才

曉僊謠

玉妃喚月歸海宮 靈寶赤書經元始登命太真案筆玉妃拂琎鑄金為簡刻書玉篇徐堅初學記引史記蓬萊方丈瀛洲此三神山諸僊及不死藥在馬黃金白銀為宮闕未至望之如雲及到三山反居水下欲到則風引船而去終莫能至者

月色澹白涵春空銀河欲轉星靨靨碧浪疊山埋早紅宮花有露如新淚 補劉子春花含日似笑秋露泣葉如泣曹植浮萍詩悲風來已懷淚落如垂露

小苑叢叢 樂府詩集作茸茸

入寒翠綺閣空傳唱漏聲 補枚乘雜詩交疏結綺窗阿閣三重階李賀詩幾回天上葬神仙漏聲相將無

斷絕

網軒未辨凌雲字沈約詠月詩網軒映珠綴應門照綠苔劉義慶世説新語荀羨登北固山望海云雖未覩三山便自使人有凌雲志

遙遙珠帳連湘煙漢武故事以琉璃珠玉明月夜光錯雜天下珍寶為甲帳詳卷八

雀扇一作羽**如霜金骨僊**陸機羽扇賦昔楚襄王會于章臺之上大夫宋玉唐勒侍皆操白雀之羽以為扇諸侯掩麈尾而笑謝惠連白羽扇贊涼齊清風素同氷雪東方朔十洲記東海之西岸有扶桑人食其椹體骨皆作金色高飛翔空

碧簫曲盡彩霞動補鮑照升天行鳳臺無還駕簫管有遺聲江淹仙陽亭詩下視雄虹照俯看彩霞明

下視九州皆悄然補李賀詩遙望齊州九點煙一泓海水杯中瀉

秦王女騎紅尾鳳列女傳蕭史者秦繆公時人也善吹簫繆公有女弄玉好之公遂以妻焉遂教弄玉作鳳鳴居數十年吹似鳳聲鳳皇來

止其屋為作鳳臺夫婦止其上不下數年一旦皆隨鳳皇飛去江海詩畫作秦王女乘鸞向煙霧

乘一作半空回首晨雞弄補太玄經雌雞晨鳴雄雞兜頭霧一作露益狂塵億兆一作萬家筭法十萬為億十億為兆世人猶作牽情夢

錦城曲補元和郡國志錦城在城都縣南十里故錦官城也益州記錦城在益州南笮橋東流江南岸昔蜀時故錦官也今號錦城城墉猶在郫道元水經注夷里道西故錦官也言錦工織錦則濯之江流而錦至鮮明濯以沱江則錦色弱矣

蜀山攢黛留晴雪字義獨立水中曰蜀畫品嶢嵯窳窆巴蜀之山也三峽記峩嵋積雪經時不散

蔡筍蕨牙縈九折補左思蜀都賦馳九折之阪水經注峽山邛峽山也在漢嘉嚴道縣

一曰新道山南有九折阪夏則凝氷冬則毒寒王子陽按轡處也江風吹巧翦霞綃花上千枝杜鵑血補埤雅杜鵑一名子規苦啼啼血不止一名怨鳥夜啼達旦血漬草木凡始鳴皆北向啼苦則倒懸于樹劉敬叔異苑杜鵑始陽相催而鳴先鳴者吐血死杜鵑飛入巖下叢夜叫思歸山中月補零陵地志思歸其音似不如歸去巴水漾情情不盡補水經注巴漢世郡治江州巴水北北府城是也三巴記閬白二水東南流曲折三回如巴字文君織得春機紅司馬相如傳相如與臨邛令相善臨邛富人卓王孫有女文君新寡好音相如以琴心挑之夜奔相如蜀都賦百室離房機杼相如貝錦斐成濯色江波怨魄未歸芳草死補蜀記昔有人姓杜名宇王蜀號曰望帝宇死俗說云宇化為子規子規鳥名也蜀人聞子規鳴皆曰望帝也成都

記望帝死其䰟化為鳥名曰杜鵑亦曰子規蜀都賦鳥生杜宇之䰟屈原離騷恐鶗鴂之先鳴兮使夫百草為之不芳王逸注言我恐鶗鴂以春分鳴使百草華英摧落芬芳不成也

江頭學種相思子

左思吳都賦相思之樹嗣立案徐注王維詩紅豆生南國春來發幾枝贈君多采擷此物最相思即此也

樹成寄與望鄉人

益州記升仙亭夾路有二臺一名望鄉臺在華陽縣北九里成都記望鄉臺隋蜀王秀所築

白帝荒城

城一作城荒

五千里

嗣立案全蜀總志白帝城在夔州府治東五里元和郡國志公孫述至魚復有白龍出井中因號魚復為白帝城水經注白帝山城周回二百八十步北緣馬嶺接赤岬山其間平處南北相去八十五丈東西七十丈又東傍東瀼谿即以為隍西南臨大江闞之眩目惟馬嶺小差委迤猶斬為路羊腸數四然後得上蜀都賦經途所亙五千餘里

生禖屏風歌

補禮記月令仲春之月玄鳥至至之日以太牢祀于高禖天子親往后妃帥九嬪御乃禮天子所御帶以弓韣授以弓矢于高禖之前鄭玄曰高辛氏之世玄鳥遺卵娀簡吞之而生契後王以為媒官嘉祥而立其祠焉變媒言禖神之也嗣立案漢書東方朔傳有封泰山責和氏璧及皇太子生禖屏風殿上柏柱平樂觀賦獵八言七言上下枚臯傳武帝春秋二十九廼得皇子羣臣喜故臯與東方朔作皇太子生賦及立皇子禖祝受詔所為皆不從故事重皇子也後漢書注晉元康中高禖壇上石破詔問出何經典朝士莫知博士束晳答曰漢武帝晚得太子始為立高禖之祠高禖者人之先也故立石為主祀以太牢

玉墀暗接昆侖井

漢武帝落葉哀蟬曲玉墀兮塵生桑欽水經昆侖墟在西北去嵩高五萬

里地之中也其高萬一千里呂氏春秋昆侖之井井上無人金索冷補戴延之西征記太
極殿上有金井闌金博山金轆轤蛟龍負山于井上李正封詩宵潤玉堂簾露寒金井索畫壁陰森
九子堂漢書成帝紀元帝在太子宮中甲觀畫堂為世適皇孫應劭曰甲觀在太子宮甲地畫堂畫九
子母階前碎月鋪花影繡屏銀鴨香蓊濛漢羊勝屏風賦重葩累繡沓壁
連璋補李賀詩深幃金鴨冷李商隱詩睡鴨香爐換夕熏天上夢歸花繞叢補漢書薄姬曰
昨夜夢蒼龍據妾胸上曰此貴徵也吾為汝成之遂幸有身生文帝宜男漫作後庭草風上
記宜男草一名鹿葱宜懷妊婦人佩之必生男補庾信傷心賦風無少女草不宜男不是櫻桃千
子紅

嘲春風

春風何處好别殿饒芳草苒嫋轉鸞旂詩鸞旂戾止萎蕤吹雉葆補張衡東京賦羽蓋威蕤善曰羽貌楊芳歷九門禮記注天子九門啓門應門雉門庫門皐門城門近郊門遠郊門闕門也澹蕩入蘭蓀鮑照白紵歌春風澹蕩俠思多沈約和謝宣城詩昔賢侔時雨今守馥蘭蓀注蓀香草名也爭奈白團扇時時偷主恩嗣立案班倢伃怨歌行新裂齊紈素皎潔如霜雪裁為合歡扇團團似明月出入君懷袖動搖微風發常恐秋節至涼風奪炎熱棄捐篋笥中恩情中道絶

舞衣曲

藕腸纖縷抽輕春束晳補亡詩草以春抽烟機漠漠嬌蛾一作娥嚬補謝脁詩生烟紛漠漠詩秦首蛾眉師古曰蛾眉形若蠶蛾眉也梁劉孝綽同武陵王看伎詩送態表顰蛾

金梭淅瀝透空薄金梭注見上翦落交刀一作鮫綃吹斷雲補東宮舊事太子納妃有龍頭金縷交刀四

張家公子夜聞雨補漢五行志成帝時童謠云燕燕尾涎涎張公子時相見謂富平侯張放也

夜向蘭堂思楚舞張衡南都賦揖讓而升宴于蘭堂史記戚夫人泣上曰為我楚舞吾為若楚歌

蟬衫麟帶壓愁香梁簡文帝詩衫薄擬蟬輕李賀詩玉刻麒麟腰帶紅

偷得鶯簧樂府詩集作黃鶯鎖樂府詩集作鎖金縷補劉孝威東飛伯勞歌瓊筵玉笥金縷衣

管舍蘭氣嬌語悲補洛神賦含辭未吐氣若幽蘭胡槽

雪腕鴛鴦絲嗣立案張籍詩黃金捍撥紫檀槽晉樂府雙行纏朱絲繫腕繩真如白雪凝李白詩蜀琴欲奏鴛鴦弦

芙蓉力弱應難定嗣立案世說補江從簡小時有文情作采荷調以刺何敬容曰欲持荷作柱荷弱不勝梁欲持荷作鏡荷暗本無光

楊柳風多不自持嗣立案梁元帝春別應令詩門前楊柳亂如絲直置佳人不自持沈約春思楊柳亂如絲綺羅不自持

回嚬笑語西窗客星斗寥寥波脈脈古詩盈盈一水間脈脈不得語

不逐秦王卷象牀嗣立案晉樂志成帝咸康七年用顧臻表除高絙紫鹿跂行鼈食及秦王卷衣笮兒等樂吳競樂府古題要解秦王卷衣曲言咸陽春景及宮闕之美秦王卷衣以贈所歡也戰國策孟嘗君出行國至楚獻象牀注象齒為牀鮑照白紵歌象牀瑤席鎮犀渠

滿樓明月梨花白補劉孝綽于座應令詠梨

花詩詎亞龍樓下素榮映花扉

張靜婉采蓮曲并序　一作歌曲

靜婉羊侃伎也其容絕世侃自爲采蓮二曲今樂府所存失其故意因歌以俟采詩者事具載梁史補南史羊侃字祖忻泰山梁父人善音律自造采蓮櫂歌二曲甚有新致姬妾列侍窮極奢靡有舞人張淨琬腰圍一尺六寸時人咸推能掌上舞淨琬靜婉同

蘭膏墜髮紅玉春補宋玉招魂蘭膏明燭華容備些注以蘭香練膏也西京雜記趙飛燕與女弟昭儀並色如紅玉爲當時第一皆擅寵後宮

燕釵拖頸抛盤雲補郭子橫洞冥記元

鼎元年起昭靈閣有神女留一玉釵帝以賜趙倢伃元鳳中宫人謀欲碎之視釵柙惟見白燕升天宫人因作玉燕釵詩鬢髮如雲

城西楊柳向嬌一作橋晚門前溝水波粼粼補謝脁詩垂楊蔭御溝古今註長安御溝謂之楊溝植楊于其上詩楊之水白石粼粼

麒麟公子朝天客注見上珂一作珮馬璫璫才調集作堂堂度春陌補西京雜記長安盛飾鞍馬競加雕鏤皆以南海白蜃為珂猶以不鳴為患或加以鈴鑷走則如撞鐘磬

掌中無力舞衣輕補飛燕外傳成帝獲飛燕身輕欲不勝風恐其飄翥帝為造水晶盤令宫人掌之而歌舞

翦斷鮫鮹破春碧張華博物志鮫人從水中出曾寄寓人家積日賣綃鮫人臨去從主人索器泣而出珠滿盤以與主人嗣立案任昉述異記鮫人即泉先也又名泉客南海出鮫綃紗泉先潛織一名龍紗其價百餘金以為

服八水不濡

抱月飄煙一尺腰 嗣立集 許顗詩話舞人張靜婉腰圍一尺六寸能掌上舞唐人作楊柳枝詞云認得羊家靜婉腰

麝臍龍髓 一作腦

憐嬌饒 一作嬈 嗣立集 埤雅

廣要麝似麞而小黑色好食柏葉啗蛇香在陰莖前皮内别有膜袋裹之每為人逐迫即投巖急自舉爪剔出香投之就縶且死猶供四足保臍麝香落處草木皆焦黄 酉陽雜俎 龍腦香樹出婆利國亦出波斯國樹高八九丈大可六七圍葉圓而背白無花實香在木心中斵其樹劈取之膏于樹端流出斫樹作坎而承之

秋羅

拂水碎光連 連古文動字 補梁元帝蕩婦秋思賦 秋水文波秋雲似羅

露重花多香

不銷鸂鶒交交 一作膠膠

塘水滿 吳都賦 鸂鶒鷛鷞 注 水鳥也詳卷六

綠萍金 才調集作范如

栗蓮莖短 補謝靈運詩 綠蘋齊初葉

一夜西風送雨來粉痕

零落愁紅淺杜甫詩露冷蓮房墜粉紅船頭折藕絲暗牵嗣立案梁簡文帝櫂歌行桒亂由牽荇絲飄為折蓮采蓮荷絲傍皓腕菱角遠牽衣藕根蓮子相留連嗣立案樂府青陽歌曲下有竝根藕上有同心蓮郎心似月月易一作未缺謝靈運月賦昨三五兮既滿今二八兮將缺十五十六清光圓嗣立案鮑昭玩月詩三五二八時千里與君同沈約咏月詩洞房殊未曉清光信悠哉

湘宮人歌

池塘芳草濕楊師道春朝閒步詩池塘藉草芳夜半東風起生緑畫羅屏西京雜記昭陽殿中設木畫屏風文如蜘蛛絲縷金壺貯春水補殷夔刻漏法為罷三重

門皆徑尺差立于方輿踟蹰之上為金龍口吐水轉注入踟蹰經緯之中鮑照詩金壺啟夕淪注金壺之漏已啟夕波

黃粉楚宮人酉陽雜俎近代妝尚靨如射月白黃星靨李賀詩入苑白泱泱宮人正靨黃方飛一作芳花玉刻鱗娟娟照綦燭不語兩含嚬原注讀曲歌明鐙照空局悠然未有期

黃曇子歌補郭茂倩樂府詩集晉書五行志桓石民為荊州百姓忽歌黃曇子曲後石民死王忱為荊州之應黃曇子王忱字也桒橫吹曲李延年二十八解有黃覃子不知與此同否凡歌辭考之與事不合者但因其聲而作歌爾

參差綠蒲短搖豔雲一作春塘滿補塘上行古詞蒲生我池中綠葉何離離紅

瀲蕩融融鶯翁鸂鶒暖萋芊小城一作成路馬上脩蛾嬾曹植洛神賦脩眉峨峨羅衫裏回一作向風補上聲歌新衫繡兩端迮著羅裙裏行行動微塵羅裙隨風轉點粉金鸝卵補國史鳥翼鷇卵韋昭曰未乳曰卵

觱篥歌

原注李相伎人吹補樂府雜錄觱篥者本龜茲國樂亦名悲栗以竹為管以蘆為首其聲悲栗有類于笳也嗣立案桂苑叢談咸通中丞相李蔚自大梁移鎮淮海浙右小校薛陽陶監押度支運米入城公喜其姓名有同曩日朱崖李相左右者遂令試詢之果是舊人公甚喜留止別館一日召陽陶遊詢其所聞及往日蘆管之事薛因獻朱崖李相陸暢元白所撰歌一軸公益喜之次出蘆管于賞心亭奏之其管絶微每于一觱篥中常容三管聲如天際自

然而來清思寛閒公大嘉賞之贈詩有云虛心纖質雁銜餘鳳吹龍吟定不如劉昫舊唐書李蔚咸通中以京兆尹太常卿同平章事加中書侍郎罷相出為山南東道節度使宣武軍節度觀察等使轉淮南節度副大使本集有獻淮南李僕射五十韻詩可以參考

蠟煙如畫新蟾滿韓翃詩日暮漢宮傳蠟燭輕烟散入五侯家補古詩三五明月滿四五蟾兎缺門外沙平草牙短一作平沙補李肇國史補凡拜相禮絕班行府縣載沙填路自私第至于城東街名曰沙隄黑頭丞相九天歸世說諸葛道明初過江左丞相謂曰明府當為黑頭公夜聽飛瓊吹朔管漢武故事西王母命侍女許飛瓊鼓震靈之簧情遠氣調蘭蕙熏補宋玉神女賦吐芬芳其若蘭天香瑞彩含絪緼補易天地絪緼萬物

化醇皓然纖指都揭血日暵碧霄無片雲含商咀徵雙幽咽鮑昭白紵歌含商咀徵歌露晞輭縠疎羅共蕭屑一作瑟補子虛賦雜纖羅垂霧縠拾遺記吳主趙夫人析髮以神膠續之乃織為羅縠累月而成裁之為幔內外視之飄飄如煙氣輕動而房中自涼何遜詩長風正騷屑不盡長員疊翠愁柳風吹破澄潭月鳴梭淅瀝金絲繰恨語殷勤隴頭水補樂府隴頭歌隴頭流水鳴聲幽咽遙望秦川肝腸斷絕漢將營前萬里沙地里志萊陽夾河而岸沙長二百餘里名萬里沙更深一一霜鴻起鮑昭詩霜高落塞鴻十二樓前花正緐補漢郊祀志方士有言黃帝時為五城十二樓以候神人於執期應劭曰昆侖玄圃五城十二樓仙人之所常居交枝簇蔕

連辟一作辟門王融遊仙詩辟門涼月舉景陽宫女正愁絶宫苑記齊武帝置鍾景陽樓上令宫人聞鍾聲竝起妝飾詳見上莫使此聲催斷魂補江淹恨賦一旦魂斷

照影曲

景陽妝罷瓊窗暖注見上欲照澄明香步嬾孟浩然詩澄明愛水物補王子年拾遺記石崇篩沈水之香如塵末布致象牀上使所愛踐之無跡即賜真珠百粒若有迹者則節其飲食令體輕弱梁元帝烏栖曲蘭房椒閤夜方開那知步步香風逐橋上衣多抱彩雲江淹詩日莫崦嵫合參差彩雲重金鮮才調集作鱗不動春塘滿沈約詩白水滿春塘黃印額山輕爲塵補梁簡文帝詩同安鬟裏撥異作額間黃庾信樂府眉心濃黛直點額角輕黃

細安

翠鱗紅穉俱含嚬桃花百媚如欲語補古詩自有桃花容古樂府思我百媚娘李白詩荷花嬌欲語愁殺蕩舟人曾為一作謂無雙今兩身補古樂府纖纖作細步精妙世無雙

公無渡河一作拂舞詞嗣立案樂府古題要解公無渡河本箜篌引霍里子高晨起刺船見一白首狂夫披髮携壺亂流而渡其妻隨止之不及遂溺死於是其妻援箜篌而鼓之作歌曰公無渡河公竟渡河墮河而死當奈公何聲甚悽愴曲終亦投河而死子高還語其妻麗玉麗玉傷之乃引箜篌寫其聲聞者莫不墮淚飲泣麗玉以其聲傳鄰女麗容名曰箜篌引

黃河怒浪連天來爾雅河出昆侖墟所渠并千七百一川色黃李白將進酒君不見黃河之

水天上來大響砊砊一作肱肱如殷雷補揚子法言非雷非霆殷殷砊砊詩殷其雷龍伯驅風不敢上補列子龍伯之國河圖玉版昆侖以北九萬里龍伯國人長三十丈萬八千歲百川噴雪高崔嵬二十三一作五弦何太哀嗣立案周禮樂器圖雅瑟二十三弦頌瑟二十五弦呂氏春秋朱襄氏作五弦瑟以采陰氣以定羣生瞽叟乃拌五弦為十五弦之瑟命之曰大章舜立乃益八弦為二十三弦之瑟高氏小史太昊作二十五弦箜篌漢書郊祀志泰帝使素女鼓五十弦瑟悲帝禁不止故破其瑟為二十五弦請公莫渡立裴回注見上下有狂蛟鋸為尾補王建公無渡河蛟龍齧尸魚食血裂帆截櫂磨霜齒補張正見公無渡河櫂折桃花水帆橫竹箭流李白公無渡河有長鯨白齒若雪山神椎鑿石塞神潭晉書

祖約傳約曰假有神椎必有神槌

白馬趁趕赤塵起補吳都賦趁趕𨁈𨂽善曰相隨驅逐衆多貌

公乎躍馬揚玉鞭見卷二

滅沒高蹄日千里孫卿子騏驥一日千里

太液池歌

嗣立案漢書作建章宮其北治大池漸臺高二十餘丈名曰泰液池中有蓬萊方丈瀛洲壺梁象海中神山龜魚之屬師古曰太液池者言其津潤所及廣也西京雜記太液池邊皆是彫胡紫籜綠節之類菰之有米者長安謂為彫胡葭蘆之未解葉者謂之紫籜菰之有首者謂之綠節其間鳧雛雁子布滿充積又多紫龜綠鼈池邊多平沙沙上鵜鶘鷓鴣鵁鶄鴻鶂動輒成羣

腥鮮龍氣連清防嗣立案三輔故事太液池北岸有石魚長二丈高五尺西岸有石龜三枚

長六尺夏侯冲答潘岳詩相思限清防顔延之詩踟蹰清防容注清防謂屏風也一云防扞水若周禮以防止水劉楨詩流波為魚防花風漾漾吹細光補梁簡文帝詩花風暗裏覺疊瀾不定照天井倒影蕩搖一作漾晴翠長西京賦蔕倒茄于藻井披紅葩之狎獵補陵陽子明經倒景氣去地四千里其景皆倒在下景影同平碧淺春生綠塘雲容雨態連春蒼宋玉高唐賦旦為朝雲莫為行雨夜深銀漢通柏梁漢書元鼎二年春起柏梁臺漢武故事以香柏為之香聞數十里二十八宿朝玉堂補後漢書論中興二十八將前世以為上應二十八宿漢書建章宮南有玉堂漢宮闕簿長安有玉堂殿去地十二丈基階皆用玉故名

雉場歌嗣立案南史東昏侯置射雉場二百十六處每出輒與鷹犬隊主徐令孫媒翳隊主

俞靈韻齊馬而走左右爭逐之

茭葉萋萋接樹煙一作曙詩其葉萋萋雞鳴埭上梨花露注見上彩

仗鏘鏘巳合圍李陵答蘇武書單于臨陣親自合圍繡翎白頸遥相妒補潘岳射雉賦灼繡頸而衮背又櫟雌妒異倏來忽往雕尾扇張金縷高碎鈴素拂

驪駒豪補說文驪馬深黑色何承天纂文馬二歲為駒補古樂府何以識夫壻白馬從驪駒綠場

紅迹來一作未相接箭發銅一作狼牙傷彩毛嗣立案齊東昏侯紀翳中帷帳及步障皆袷以綠紅錦金銀鏤弩牙瑇瑁帖箭南越志龍川有營澗常有銅牙弩流出水皆以銀黃雕鏤取之者久而後得父老云越王弩營也杜甫詩正觀銅牙弩麥隴桑陰小山晚六虯

歸去凝笳遠補司馬相如上林賦乘鏤象六玉虯謝朓凝鼓吹曲疑笳翼高蓋李善注徐引聲謂之凝

城頭卻望幾舍情青一作春畝春一作青蕪連古一作石苑嗣立案齊東昏侯紀郊郭四民皆廢業樵蘇路斷金陵志齊東昏侯即臺城閲武堂為芳樂苑山石皆塗以采色跨池水立紫閣諸樓觀又于苑中立店肆以潘妃為市令又作土山開渠立埭苑中時百姓歌云閲武堂種楊柳至尊屠肉潘姑酤酒

雍臺歌補古今樂録梁鼓角横吹舊曲有大白淨皇太子小白淨皇太子雍臺擒臺胡遵利羝女淳于王捉搦東平劉生單迪歷魯爽半和企喻比敦胡度來十四曲三曲有歌十一曲亡

梁武帝曲日落登雍臺佳人殊未來

太子池南樓百尺補徐爰釋問注西明内有太子池孫權子和所穿有土山臺晉帝在儲宮所築故俗呼太子池吳均雍臺詩雍臺十二樓樓樓鬱相望淮南王詞百尺高樓與天連入一作八窗新樹踈簾隔補徐悱詩忽有當窗樹兼含映日花黃金鋪首畫鈎陳揚雄甘泉賦排玉戶而颺金鋪兮補蜀都賦金鋪交映劉淵林曰金鋪門鋪首以金為之星經句陳六星為六宮亦主六軍晉天文志句陳六星在紫宮中句陳後宮也王者法句陳設環列羽葆亭童拂交戟蜀志先主傳先主少時與宗中諸小兒於樹下戲言吾必當乘此羽葆蓋車補射雉賦擊場挂翳停僮蔥翠善曰停僮翳貌也停僮亭童同史記交戟之衛士欲止不内庾信詩交戟映彤闌盤紆闌楯臨高臺帳殿一作殿帳臨流鸞扇開補庾肩吾曲水詩回川入帳殿庾信馬射賦帷宮宿設帳殿開

筵大唐六典尚舍奉御凡大駕行幸預設三部帳幕帳皆烏氊為表朱綾為覆下有紫帷方座金銅行牀覆以簾其外置排城以為蔽扞庾信詩思為鸞翼扇願備明光宮

早雁驚鳴細波起 補沈約詩雁門早鴻離離度

映花鹵簿龍飛回 嗣立案封演見聞記輿車行幸羽儀導從謂之鹵簿自秦漢以來始有其名蔡邕獨斷載鹵簿有大駕小駕法駕之異而不詳鹵簿之義案字書鹵大楯也字亦作櫓又作樐音義皆同鹵以甲為之所以扞敵賈誼過秦論云伏尸百萬流血漂鹵是也甲楯有先後部伍之次皆著之簿籍天子出入則案次導從故謂之鹵簿耳陸機詩吳實龍飛劉亦岳立

吳苑行

嗣立案趙煜吳越春秋吳王闔閭治宮室立射臺於安里華池在平昌南城宮在長樂闔閭出入游臥秋冬治於城中春夏治于城外治姑蘇之臺旦食䱉山晝游蘇臺射于鷗陂

馳於游臺興樂石城走犬長洲

錦雉雙飛梅結子平春遠綠窗中起吳江澹畫水連空

三尺屏風隔千里嗣立案杜甫戲題畫山水圖歌尤工遠勢古莫比咫尺應須論萬里焉得并州快剪刀翦取吳松半江水

小苑有門紅一作門扇開補何遜南苑詩苑門闢千扇苑戶開萬庥

天絲舞蝶俱一作共爽回補梁簡文帝春日詩落花隨燕入游絲帶蜨驚

綺戶雕楹長若此補張協七命雕堂綺櫳西京賦雕楹玉碣

韶光歲歲如歸來梁元帝纂要春曰韶景

常林歡歌嗣立案唐書樂志常林歡疑宋梁間曲宋梁之世荊雍為南方重鎮皆皇子為

之牧江左詞詠莫不稱之以為樂土故隋王誕作襄陽之歌齊武帝追憶樊鄧梁簡文帝樂府歌云分手桃林岸送別峴山頭若欲寄音信漢水向東流又曰宜城醖酒今行熟停鞍繫馬暫棲宿桃林在漢水上宜城在荊州北荊州有長林縣江南謂情人為歡常長聲相近葢樂人誤謂長為常通典常林歡葢宋齊間曲

宜城酒熟花覆橋 補劉孝儀謝酒啟奉敎垂賜宜城酒四罌李肇國史補酒則宜城之酒醖

沙晴綠鴨鳴咬咬 一作交交蔡洪鴨賦冠葩綵以耀首

穠桑繞舍麥如尾 補宋玉笛賦麥秀漸漸兮鳥華翼埤蒼曰漸麥芒也

幽軋鳴機雙燕巢 補梁武陵王紀詩昨夜夢君歸賤妾下鳴機古詩思為雙飛燕銜泥巢君屋

馬聲特特荊門道 補盛弘之荊州

記郡西泝江六十里南岸有山曰荆門酈道元水經注荆山在南上合下開狀似門蠻水揚光色

如草太康地志荆州古蠻服之地錦薦金鑪夢正長補鄴中記石季龍作席以金裹五香雜以五采綫編蒲皮緣之以錦徐悱贈内詩網蟲生錦薦遊塵掩玉牀司馬相如美人賦金鑪香熏黼帳長垂

東家呃一作吅喔雞鳴早補射雉賦良遊呃喔引之規裏徐陵烏栖曲惟憎無賴汝南雞天河未落猶爭啼

塞寒行補漢書匈奴傳秦始皇帝使蒙恬將數十萬之衆北擊胡悉收河南地因河為塞築四十四縣城臨河徙適戍以充之

燕弓弦勁霜封瓦列子燕角之弧朔蓬之幹補陸機擬古詩凝霜封其條樸簌寒

雕睇平野山海經雕一名鷙黑色健飛擊沙漠中空中盤旋無細不覩鮑昭詩平野起秋塵一
點黃塵起雁喧杜甫詩黃塵羂沙漠白龍堆下千蹄馬漢書匈奴傳豈為康
居烏孫能踰白龍堆而寇西邊哉迺以制匈奴也孟康曰龍堆形如土龍身無頭有尾高大者二三丈埤者大
餘皆東北向相似也在西域中嗣立案徐注貨殖傳陸地牧馬二百蹄牛蹄角千河源怒觸才調
集作濁風如刀山海經河源出昆侖之上補王昌齡塞下曲飲馬渡秋水水寒風似刀翦斷
朔雲天更高宋玉九辯泬漻兮天高而氣清晚出榆關一作林逐征北地里
志榆關一名臨閭關在漢中補吳筠春怨君去住榆關妾留住函谷驚沙飛迸衝貂一作征
袍心許凌煙名不滅唐書貞觀十七年二月圖功臣于凌煙閣補兩京記太極宮中有凌

煙閣在凝陰殿内功臣閣在淩煙閣南

年年錦字傷離别 晉書竇滔妻蘇氏名蕙字若蘭滔為秦州刺史被徙流沙蘇氏思之織錦為回文旋圖詩以贈滔宛轉循環讀之詞甚悽惋凡八百四十字

彩毫一畫竟何榮 補西京雜記天子筆管以錯寶為跗毛皆以秋兎之毫唐書詔閻立本畫淩煙閣功臣二十四圖上自為贊南部新書畫功臣皆北面設三隔内一層畫功高宰輔外一層寫功高侯王又外一層次第功臣

空一作長使青樓泣才調集作淚成血 曹植美女篇青樓臨大路補南史齊武帝興光樓上施青漆世人謂之青樓吳筠閨怨非獨淚如絲亦見珠成血

湖陰詞 并序

王敦舉兵至湖陰明帝微行視其營伍由是樂府有

湖陰曲而亡其詞因作而附之 嗣立案晉書明帝紀泰寧二年六月王敦將舉兵內向帝密知之乃乘巴滇駿馬微行至于湖陰察敦營壘而出敦正晝寢夢日環其城驚起曰此必黃須鮮卑奴來也使騎追帝帝見逆旅賣食嫗以七寶鞭與之曰後騎來可以此示也追者至問嫗嫗曰去已遠矣因以鞭示之五騎傳玩稽留良久帝僅而獲免案晉書地里志于湖縣名屬丹陽郡楊慎曰帝至于湖為句陰察營壘為句溫作湖陰誤也

祖龍黃須珊瑚鞭鐵驄金面青連錢 嗣立案異苑王敦頓軍姑熟明帝躬往覘之敦晝寢卓然驚悟曰營中有黃頭鮮卑奴來何不縛取帝所生母荀氏燕國人故貌類馬世說新語明帝著戎服騎巴賨馬齎金馬鞭陰察軍形勢梁元帝詩照耀珊瑚鞭沈炯樂府驄馬鐵連錢爾雅青驪驎曰驒

注色斑駁如魚鱗令連錢驄也虎顋一作須拔劔欲成夢日壓賊營如血鮮海旗風急驚眠起甲重光摇照湖水蒼黄追騎塵外歸森索妖星陳前死事俱詳上嗣立案晉書天文志永昌元年七月甲午有流星大如瓮長百餘文青赤色從西方來尾分為百餘岐或散時王敦之亂百姓流亡之應也又案晉宣帝紀公孫文懿反時有長星墜於梁水帝縱兵擊之斬于梁水星墜之所此句蓋借用此事也以上八句實叙其事五陵愁碧春萋萋嗣立案王敦傳敦又大起營府侵人田宅發掘古墓剽掠市道士庶觧體咸如其禍敗焉班固西都賦北眺五陵灞川玉馬空中嘶瑞應圖王者清明尊賢則玉馬至嗣立案晉書蔡王騰初發并州次于真定值大雪平地數尺營門前方數丈雪融不積騰怪而掘之得玉馬高

尺許奏獻之徐注聞奇錄沈傳師爲宣武節度堂前馬嘶掘地深丈餘得一穴有玉馬高三寸長五寸嘶則若

壯馬聲前有金槽中碎碌砂如菜豆而金色也　羽書如電入青瑣　漢書赤墀青瑣孟康曰以

青畫戶邊鏤中天子制也師古曰刻爲連鎖文而以青塗之也　雪腕如槌催畫鞞　嗣立案禮

記月令仲夏命樂師修鞀鞞鼓　以上四句追叙亂離及徵發諸路刺史也案晉書丁邠加司徒王導大都督

楊州刺史徵徐州王遂豫州祖約兖州劉遐臨淮蘇峻廣陵陶瞻等還衛京師　白虯天子金鍠

鉞　晉書天文志董養曰白者金色國之行也甘泉賦駟蒼螭兮六素虯　高臨帝座回龍章

漢書天文志中端門左右掖門掖門內六星諸侯其內五星五帝座又紫微宮北極五星其第二星謂之帝座

徐注郊特牲旂十有二旒龍章而設日月以象天也　吳波不動楚山晚花壓闌干

春晝長

嗣立案江淹西州曲闌干十二曲垂手明如玉以上四句謂敦滅還宮重慶升平也司馬光資治通鑑王敦使王含錢鳳鄧岳周撫等帥衆向京師帝乃帥諸軍出屯南皇堂夜募壯士遣將軍段秀等帥千人渡水明旦戰于越城大破之秀匹磾弟也敦聞含敗尋卒敦黨悉平敦本鎮武昌及謀簒位諷朝廷徵已移鎮姑孰故結語云然

蔣侯神歌

嗣立案蔣子文傳蔣子文者廣陵人也嗜酒好色佻達無度常自謂青骨死當為神漢末為秣陵尉逐賊至鍾山下賊擊傷額因解綬縛之有頃遂死金陵志子文為秣陵尉逐盜至鍾山死而靈異吳大帝立廟孫陵岡封為中都侯改鍾山曰蔣山晉加相國重為立廟南宋初廢後脩復封蔣王齊進號蔣帝

楚神鐵馬金鳴珂夜動蛟潭生素波商風刮水報西帝廟前古樹蟠白蛇

嗣立案南史臨汝侯蕭猷與楚王廟神交歡至一斛每酹祀盡歡極醉神影亦有酒色所禱必從後為益州刺史時江陽人齊苟兒反衆十萬攻州城猷兵糧俱盡人有異心乃遥禱請救是日有田老逢一騎絡鐵從東方來問去城幾里曰百四十時日已晡騎舉稍曰後人來可令之疾馬欲及日破賊俄有數百騎如風一騎過請飲田老問為誰曰吴興楚王來救臨汝侯當此時廟中請祈無驗十餘日乃見侍衛土偶皆泥溼如汗者南史曹景宗傳梁旱甚詔祈蔣帝神求雨十旬不降武帝怒命載荻欲焚廟并神影爾日開朗欲起火當神上忽有雲如繖倏忽驟雨如瀉臺中宫殿皆自振動帝懼馳詔追停少時還靜帝此帝畏信遂深自踐祚以來未嘗躬自到廟於是備法駕將朝臣脩謁是時魏軍攻鍾離蔣帝神報敕必園許

扶助既而無雨水長遂挫敵人亦神之力馬凱旋之後廟中人馬脚盡有泥溼當時竝目覩馬杜甫詩鐵馬汗常趨金陵志鍾山北一峯最高其顛有泉泉西爲黑龍潭相傳曾有龍見劉歆遂初賦遭陽侯之豐沛兮乘素波以聊戾梁元帝纂要秋風曰商風補史記嫗曰吾子白帝子化爲蛇當道

吳王赤斧斫雲陳畫堂列辟叢一作戟排**霜刃巫娥傳意託悲絲鐸語琅琅理雙鬢**

嗣立案干寶搜神記吳先主之初其故吏見文于道乘白馬執白扇侍從如平生見者驚走文追之謂曰我當爲此土地神以福爾下民爾可宣告百姓爲我立祠不爾將有大咎是歲夏大疫百姓輒相恐動頗有竊祠之者矣文又下巫祝吾將大啓祐孫氏宜爲我立祠不爾將使蟲入人耳爲災俄而有小蟲如鹿蠻入耳皆死醫不能治百姓愈恐孫主未之信也又下巫祝若不祀我將又以大火爲災是歲火災大發一日

數十處火及公宮孫主患之議者以為鬼有所歸乃不為厲宜有以撫之于是使使者封子文為中都侯加印綬為廟堂轉號鍾山為蔣山今建康東北蔣山是也自是災厲止息百姓遂大事之徐陵關山月雲陳上祁連

補杜甫詩古壁畫龍蛇吳都賦刷鐵潤霜刃染詳卷六唐書樂志鐸舞漢曲也古今樂録鐸舞者所持也

湘煙刷翠湘山斜東方日出飛神雅青雲自有黑龍子潘妃莫結丁香花

祠立案劉敬叔異苑青溪小姑廟云是蔣侯第三妹廟中有大穀扶跌鳥常産育其上晉太元中陳郡謝慶執彈乘馬繳殺數頭即覺體中栗然至夜夢一女子衣裳楚楚怒云此鳥是我所養何故見侵經日謝卒慶名奐靈運父也建業志宋元嘉中蔣陵湖有黑龍見改名玄武湖南史東昏侯紀潘貴妃偏信蔣侯神迎來入宮晝夜祈禱左右朱光尚詐云見神動輒啓並云降福始安之平遂加位相國末又

號為靈帝車服羽儀一依王者補本草丁香出交廣木類桂高丈餘葉似櫟陵冬不凋花員細黄色其子出枝蘂上如丁子中有麄大如山茱萸者謂之女丁香桑陳藏器云丁香擊之則順理而解為兩向杜少陵詩丁香體柔弱亂結枝猶墊李義山詩本是丁香樹春條結始生蓋其合則為結也

漢皇迎春詞

嗣立案荀悦漢紀成帝以宣帝時生號曰世適皇孫宣帝愛之自名曰驁字太孫禮記月令立春之日天子親帥三公九卿諸侯大夫以迎春于東郊

春草芊芊晴埽一作拂**煙**宋玉高唐賦仰視山巔肅何芊芊**宮城大錦紅殷**於閑反**鮮**補揚雄甘泉賦曳紅采之流離兮颺翠氣之宛延左傳左輪朱殷杜甫詩象牀玉手亂殷紅孫愐廣韻殷赤黑色**海日如**一作初**融照仙掌**西都賦抗仙掌以承露詳卷三**淮**

王小隊一作隧纓鈴響補神仙傳淮南王安好道有八公詣門鬚眉皓白王以其老難問之八公皆變為童子角髻青絲色如桃花王跣而迎登思仙之臺執弟子禮八童子乃復為老人西京雜記淮南王好方士方士皆以術見遂有畫地成江河撮土為山巖噓吸為寒暑噴嗽為雨露王卒與方士俱去真誥老君佩神虎之符帶流金之鈴雲笈七籤左佩玉瑞右腰金鈴獵獵東風展旝一作旝赤旗畫

神金甲蔥蘢網祠立桀荀悅漢紀匡衡奏議甘泉紫微殿有文章刻鏤黼黻文繡之飾又置女樂石壇仙人祠瘞鸞輅騂駒偶人龍馬之屬古詞烏夜啼龍蔥窗不開烏夜啼夜夜望郎來鉅公步

輦迎句芒祠立桀封禪書見一父老牽狗言欲見鉅公已忽不見禮記月令孟春之月其神句芒

複道埽一作拂塵鸞一作燕彗長秦本紀殿屋複道周閣相屬補蔡邕獨斷天子出前

驅有鑾旗車編羽毛列繫幢傍俗名雞翅車**豹尾竿前趙飛燕**補揚雄傳是時趙昭儀方大幸每上甘泉常法從在屬車間豹尾中服虔曰大駕八十一乘最後一乘懸豹尾漢書外戚傳趙后屬陽阿主家學歌舞號曰飛燕**柳風吹盡眉間黃**注見上額師古曰以其體輕也上圖黃漢宮妝也案楊慎曰温飛卿詩豹尾車前趙飛燕柳風吹散蛾間黃王荆公詩漢宮嬌額半塗黃其制已起于漢但不知所出耳**碧草含情杏花喜上林鶯囀游絲起**補衛宏漢舊儀上林苑中廣長三百里離宮七十所中容千乘萬騎**寶馬搖環萬騎歸**詞立案西京雜記與駕祠甘泉備千乘萬騎太僕執轡大將軍陪乘名為大駕甘泉賦敦萬騎于中營兮方玉車之千乘**恩光暗入簾櫳裏**詞立案荀悅漢紀趙后本長安宮人後屬陽阿公主上微行公主家見而悅之及女弟俱

為倢伃貴傾後宮趙后既立而弟絶幸為昭陽舍其中庭彤朱而壁髤漆切皆銅沓黄金塗白玉階金釭函藍田璧明珠翠羽飾之自有宮室以來未之有也

嗣立案漢書郊祀記成帝末年頗好鬼神亦以無繼嗣故多上書言祭祀方術者皆得待詔祠祭上林苑中長安城旁費用甚多成帝紀永始三年冬十月詔有司復甘泉泰畤汾陰后土雍五畤陳倉陳寶祠四年春正月行幸甘泉宮郊泰畤揚雄甘泉賦序上方郊祀甘泉泰畤汾陰后土以求繼嗣此篇細玩詩意知漢皇為成帝無疑也原注誤為漢高祖則詩中豹尾竿前趙飛燕句將何所指邪

温飛卿集箋註卷一

欽定四庫全書

溫飛卿集箋註卷二

明　曾益原註

長洲顧予咸補輯

顧嗣立重訂

蘭塘詞維揚志畧蘭塘浦東接得勝湖西接海陵谿中植蓮藕菱芡唐時為勝遊處

塘水汪汪鳧唼喋上林賦唼喋菁藻咀嚼菱藕通俗文水鳥食謂之啑啑與喋同憶上

江南木蘭檝薛道衡詩新船木蘭檝詳卷四繡領金須蕩倒光補漢書廣川王

去姬為去刺方領繡晉灼曰今之婦人直領也繡為方領上刺作黼黻文吳均雜句繡領合歡斜團團縐綠雞頭葉稽含草木狀雞頭一名雞壅葉蹙衄如沸有芒刺露凝荷卷珠淨員紫菱刺短浮根纏爾雅菱一名薢茩埤雅菱白花紫角有刺庾信詩紫菱生軟角小姑歸晚紅妝淺隋煬帝詩菱潭落日雙鳧舫綠水紅妝兩槳漾補古樂府小姑始扶牀鏡裏芙蓉照水鮮補樂府青陽歌曲青荷蓋綠水芙蓉發紅鮮東溝潏潏勞回首欲寄一桮瓊液酒補漢武內傳上藥有風實雲子玉液金漿謝燮方諸曲瓊醴和金液知道無郎卻有情晉樂府青溪小姑曲小姑所居獨處無郎長教月照相思柳梁簡文帝折楊柳詩曲終無別意并是謂相思

晚歸曲

格格水禽飛帶波孤光斜起夕陽多沈約咏湖中鴈羣浮動輕浪單泛逐孤光湖西山淺似相笑畫苑春山澹冶而如笑菱刺惹衣攢黛蛾補煙花記隋煬帝宮人畫長蛾曰給螺子黛五斛王僧孺春閨怨愁來不理鬢春至更攢眉青絲繫船才調集作舟向江水梁元帝詩向解青絲纜將移丹桂舟蘭芽出土吳江曲補鮑昭白紵歌桃含紅萼蘭紫芽水極晴搖泛灩紅江淹休上人怨別露彩方泛灩月華始裴回草平春染煙綿綠玉鞭騎馬白玉才調集作楊叛兒杜甫詩麒麟受玉鞭補唐書樂志楊叛兒齊隆昌時女巫之子曰楊旻少時隨母入宮及長為何后寵童謠云楊婆兒共戲來所歡語譌遂成楊叛兒刻金作鳳光參差陳後主楊叛兒曲龍媒玉珂馬鳳軫繡香車

丁丁暖漏滴花影催入景陽人不知見卷一彎隄弱柳遙相矚張正見賦得垂柳映斜溪千仞清溪險三陽弱柳垂雀扇員一作團員掩香玉見卷六蓮塘艇子歸不歸補江淹西州曲采蓮南塘秋蓮花過人頭古樂府莫愁樂艇子打兩槳催送莫愁來柳暗桑穠聞布穀廣雅擊穀布穀也以布種時鳴傅玄賦聆布穀之晨鳴

故城曲

漠漠沙隄煙隄西雉子斑樂府古題有雉子斑雉聲何角角音谷麥秀桑陰閑補枚乘七發麥秀蔪兮雉朝飛詩桑者閑閑兮游絲蕩平綠沈約詩游絲暎空轉高陽拂地垂明滅時相續白馬金絡頭鮑昭樂府驄馬金絡頭東風

故城曲故城殷貴嬪嗣立案南史殷淑儀麗色巧笑寵冠後宫及薨宋孝武帝常思見之遂為通替棺欲見輒引替覩尸如此積日形色不異追贈貴妃謚曰宣及葬給轀輬車羽葆鼓吹上自于南掖門臨過喪車悲不自勝左右莫不掩泣曾占未來春自從香骨化飛作馬蹄塵嗣立案謝莊宋孝武宣貴妃誄銷神躬於壤末散靈魄于天潯

昆明治一作池水戰詞嗣立案漢書武帝元狩三年減隴西北地上郡戍卒半發謫吏穿昆明池臣瓚曰西南夷傳有越巂昆明國有滇池方三百里漢使求身毒國而為昆明所閉令欲伐之故作昆明池象之以習水戰在長安西南西京雜記武帝作昆明池欲伐昆吾夷教習水戰因而于上游戲養魚魚給諸陵廟祭祀餘付長安市賣之池周回四十里

汪汪積水光連空李百藥遊昆明池詩積水浮深智重疊細紋交澂一作晴漾紅赤帝龍孫鮮甲怒補漢高帝紀有大蛇當道高祖醉斬蛇有一老嫗哭曰吾子白帝子也化為蛇當道今者赤帝子斬之杜甫哀王孫高帝子孫盡隆準龍種自與常人殊臨流一眄一作時生陰風謝朓詩切切陰風暮鼉鼓三聲報天子李斯諫逐客書樹靈鼉之鼓雕旗獸艦凌波起嗣立案西京雜志昆明池下有戈船樓船各數百艘樓船上建樓櫓戈船上建戈矛四角悉垂幡旄旍葆麾蓋照灼涯涘余少時猶憶見之雷吼濤驚白若一作石山石鯨眼裂蟠蛟死嗣立案西京雜記昆明池刻玉石為鯨魚每至雷雨魚常鳴吼鬐尾皆動漢世祭之以祈雨往往有驗滇池海浦俱喧豗補華陽國志澤下流淺狹狀如

倒池故曰滇池李白詩飛湍瀑流爭喧豗青翰畫鷁一作幟白旌相次來嗣立案說苑鄂君乘青翰之舟子虛賦浮文鷁張揖曰鷁水鳥也畫其象于船首也箭羽槍纓三百萬蹋翻西海生塵埃王充論衡漢得西王母石室立西海郡在阿尾列仙傳方平笑曰聖人皆言海中行復揚塵也茂陵仙去菱花老補漢書漢帝葬茂陵莊子華封人謂堯曰千歲厭世去而上仙乘彼白雲至于帝所任希古昆明池詩萍葉疑江上菱花似鏡前唼唼游魚近煙島嗣立案潘岳關中記漢武習水戰作昆明池人釣魚綸絕而去夢于帝求去其鉤明日帝戲于池見魚銜索帝取其鉤放之間三日復游池濱得珠一雙得曰豈非昔魚之報也渺莽殘陽釣艇歸庾信昆明池詩密菱障浴島高荷沒釣船綠頭江鴨眠沙草

謝公墅歌 補謝安傳安字安石贈太傅更封廬陵郡公安于上山營墅樓館林竹甚盛每携中外子侄往來遊集

朱雀航南繞香陌 南畿志朱雀航即朱雀橋地名在城南烏衣巷口 謝郎東墅連春碧鳩眠高柳日方融 古樂府北柳有鳴鳩 綺樹飄颻紫庭客 梁武帝遊女曲戲金闕遊紫庭補蔡邕琴操周成王琴歌曰鳳皇翔兮紫庭余何德兮感靈 文楸方罫花參差 補杜陽雜編日本東三萬里有集真島產楸王狀如楸木琢之為棊局光潔可鑑嗣立案桓譚新論俗有圍棊或言是兵法之類也及為之上者張置疏遠多得道而為勝中者務相絕遮要以爭趨利下者守邊趨作罫目生于小地猶薛公之言黥布反也上計取吳楚廣道者也中計塞城絕遮要爭利者也下

計據長沙以臨越此守邊隅趨作郢者也更始帝將相不能防衛而令郢中死棊皆生韋曜博弈論所務不過方郢之間

心陳未成星滿池李洪謙觀棊詩爭先各有心四座無喧梧竹靜金蟬玉柄俱持一作支頤董巴輿服志侍中中常侍冠武弁大冠加金璫附蟬為文晉書王衍恒捉白玉柄麈尾對局含嚬一作情見千里嗣立案謝安傳時苻堅強盛疆場多虞安遣弟石及兄子玄等征討堅百萬次于淮肥京師震恐加玄征討大都督玄入問計安夷然曰已別有旨既而寂然玄令張玄重請安遂命駕出山墅親朋畢集方與玄圍棊賭別墅安常棊劣于玄是日玄懼便為敵手而又不勝安謂其甥羊曇曰以墅乞汝玄等既破堅捷書至安方對客圍棊看書竟便攝放牀上棊如故客問之徐曰小兒輩遂已破賊都城已得長蛇尾嗣立案謝朓八公山詩長蛇固能翦

李善曰長蛇喻堅也江南王氣繫疎襟補孫盛晉陽秋秦時望氣者曰東南有天子氣五百年有王者興至晉元帝適逢其時未許苻堅過淮水祠立案謝玄傳苻堅兵次項城詔以玄為前鋒距之堅列陳肥水玄以精銳八千渡肥水沒戰肥水南堅中流矢衆奔潰自相蹈藉投水死者不可勝計肥水為之不流

罩魚歌雜言案爾雅籗謂之罩今捕魚籠也

朝罩罩城東一作南詩南有嘉魚烝然罩罩莫罩罩城西兩槳鳴幽幽蓮子相高低祠立案江淹西州曲兩槳橋頭渡又低頭弄蓮子蓮子清如水持罩入深水金鱗大如手祠立案古樂府罩詞罩初何得端來得鮒小者如手大者如履魚尾迸

員波千珠落湘藹江淹蓮花賦著縹菱兮出波擘湘蓮兮映渚風颸颸雨離

離菱茭一作尖刺鸂鶒飛水連網眼白如景淅瀝蓬聲寒

點微趪岸有花花蓋屋金塘柳色前谿曲補劉楨公讌詩菡萏溢金塘寰宇記前溪在烏程縣南東入太湖謂之風渚夾溪悉生箭箬晉車騎將軍沈玩家于此樂府有前溪曲玩所製

悠悠一作溶杳若去無窮五色澄潭鴨頭綠嗣立案唐書高麗國有馬訾水出靺鞨之白山色若鴨頭號鴨綠水李白詩遙看漢水鴨頭綠

春洲曲

韶光染色如蛾翠見卷一綠溼紅鮮水容媚補李百藥詩飛日落紅鮮

蘇小慵多蘭渚閑蘇小注詳下嗣立案徐注海錄碎事山陰縣西南二十里有蘭渚融

融浦日鵁鶄寐埤雅鵁鶄一名鵁似鳧而脚高有毛冠長目以睛交故云交睛徐注上林賦交睛旋目

紫騮蹀躞金銜嘶尸子赤馬黑色曰騮陳後主詩蹀躞紫騮馬照耀白銀鞍岸

上揚鞭煙草迷補江總紫騮馬揚鞭向柳市細蹀上金隄范雲閨思春草醉春烟門外

平橋連柳隄歸來晚樹黃鸝啼補蕭子顯春別黃鳥芳樹情相依

臺城曉朝曲建業志闕志臺城在應天府上元縣東北本吳後苑城即晉建業宮在鍾山側

司馬門前火一作柳千炬嗣立案金陵志建業宮有五門正南曰大司馬門左曰閶闔門北曰昌平門東西門曰東掖西掖大司馬門與都城宣陽門相對漢書注師古云凡言司馬門者宮垣之内兵

衛所在四面皆有司馬主武事故總謂宮之外門為司馬門李肇國史補冬至元日百官已集宰相列燭多至數百炬謂之火城至則衆燭皆滅闌干星一作北斗天將曙古樂府月落參橫北斗闌干注闌干横斜貌朱網龕鬖丞相車謝朓直中書省詩深沈映朱網曉隨疊鼓朝天去補衛公兵法日出沒時撾鼓三百三十三槌為一通鼓音止角音動吹十二聲為一疊三角三鼓而昏明畢也博山鏡樹香茸茸裊裊浮航金畫龍晉東宮舊事皇太子服用則有銅博山香鑪副立槃劉繪博山香鑪詩蔽虧千種樹出沒萬重山又下刻蟠龍勢矯首半銜蓮梁武帝雍臺詩茸茸臨紫桂大江斂勢避辰極兩一作雙闕深嚴煙翠濃南史宋孝武大明七年於博望梁山立雙闕

走馬樓三更曲

西京記大福殿重樓連閣緜互西殿有走馬樓南北長百餘步樓下即九仙門西入苑恰翠樓在大福殿東北嗣立案南部新書驪山華清宮毀廢已久今所存唯繚垣耳朝元閣在山嶺之上山腹即長生殿殿東西盤石道自山麓而上道側有飲酒亭子明皇吹笛樓宮人走馬樓故基猶存繚垣之內杜佑通典一夜分五更者以五夜更易為名也顔之推曰五夜謂以甲乙丙丁戊記其次第也點者則以下漏滴水為名每一更入分為五點也

西京賦衛以虎威章溝嚴更之署

春姿暖氣昏神沼李樹拳枝紫芽小

補神仙傳老子姓李名耳字伯陽楚國苦縣賴鄉人也母到李樹下生老子生而能言指李樹曰以此為我姓詳卷四杜甫玄元皇帝廟詩仙李蟠

根大淮南王招隱士偃蹇連卷兮枝相繚**玉皇夜入未央宮**靈異經玉皇居于雲房有紅雲繞之漢書高祖至長安蕭何作未央宮**長火千條照棲鳥馬過平橋通畫堂**一統志西渭橋在舊長安西亦曰平橋唐時名咸陽橋補漢成帝紀元帝在太子宮生甲觀畫堂為世適皇孫詳卷一**虎幡**一作蟠**龍戟風悠**一作飄**揚**嗣立案文獻通考幡有告止傳教信幡皆絳帛錯采為字上有朱絲小蓋四角垂羅紋佩繫龍頭竿上錯采字下告止為雙鳳傳教為雙白虎信幡為雙龍又戟有枝兵也木為朳赤質畫雲氣上垂交龍掌五色帶**簾間**一作前**清唱報寒點**唐制率更掌漏刻五五令相次為二十五點補韓愈東方未明雞三號更五點**丙舍無人遺燼香**左傳收合餘燼補後漢清河王慶傳後慶以長別居丙舍

嗣立案唐書玄宗第十八子瑁封壽王后妃傳貴妃楊氏始為壽王妃開元二十四年武惠妃薨後宮無當帝意者或言妃姿質天挺宜充掖庭遂召内禁中匄籍女冠號太真天寶四年立為貴妃更為壽王聘韋昭訓女末二句即義山詩夜半宴歸宫漏永薛王沈醉壽王醒意也

達摩樂府詩集作磨支曲

雜言 嗣立案樂府詩集近代歌詞有達磨支唐會典天寶十三載改達磨支為泛蘭叢樂苑泛蘭叢羽調曲又有急泛蘭叢樂府雜録達磨支健舞曲也

擣麝成塵香不滅嵇康論麝食柏而香詳卷一

拗蓮作寸絲難絶江淹思北歸賦蕅生蓮兮吐絲嗣立案徐注樂府折楊柳歌上馬不捉鞭反拗楊柳枝下馬吹長笛愁殺行客兒拗字本此

紅淚文姬洛水春范氏後漢書陳留蔡邕女名琰字文姬博學有才辨適河東衛

仲道夫亡無子興平中喪亂為胡騎所獲沒入南匈奴左賢王十二年生二子曹公素與伯喈善遣使及金璧贖之嫁與董祀

白頭蘇武天山雪

蘇武傳單于幽武置大窖中絕不飲食天雨雪武臥齧雪與旃毛并咽之數日不死匈奴以為神詳卷四補西河舊事白山之中有好木匈奴謂之天山廣志西域有白山通歲有雪亦名雪山漢書注祁連山即天山也匈奴呼天為祁連詳卷三

君不見無愁高緯花漫漫

補北齊紀後主高緯頗學綴文置文林館引諸文士焉盛為無愁之曲自彈胡琵琶而唱之侍和之者以百數人人間謂之無愁天子宮掖婢皆封郡君宮女寶衣玉食者五百餘人其嬪嬙諸院中起鏡殿寶殿瑇瑁殿丹青雕刻妙極當時周師漸逼將遜于陳為周所獲送長安封溫國公至建德七年誣以謀反賜死

漳浦宴餘清露寒

水經漳水出上黨長子縣發鳩山東過鄴縣西又東北過阜城

縣與河會

一旦臣僚共囚虜徐注吳書秦旦與黃彊等議孰與偷生苟活長為囚虜欲

吹羌笛先氿瀾歐陽建詩揮筆涕氿瀾舊臣頭鬓霜雪才調集作華早

補子夜四時歌感時為歡數霜鬢不可視可惜雄心醉中老萬古春歸夢不

歸鄴城風雨連天草補唐書相州鄴郡屬河北道乾元二年改為鄴城

陽春曲嗣立案古今樂錄梁天監十一年武帝改西曲製江南上雲樂十四曲江南弄七曲又沈約作四曲三曰陽春曲亦謂之江南弄云樂府解題陽春傷也一云傷時也

雲母空窗曉烟薄補王褒詩高箱照雲母香昏龍氣凝暉閣嗣立案徐注梁四分記西海出龍腦香詳卷一宋王應麟玉海唐凝暉閣在太極宮

霏霏霧雨杏花天

簾外春威一作寒著羅幕徐注王昌齡春宮曲簾外春寒賜錦袍鮑昭行路難文窗繡戶垂羅幕曲闌伏檻金麒麟補宋玉招魂坐堂伏檻臨曲池些沙苑芳郊連翠茵補元和郡國志沙苑在同州馮翊縣南十二里東西八十里南北三十里其處宜六畜置沙苑監唐六典沙苑監掌牧隴右諸牧牛馬謝萬春遊賦草靡靡以成茵廄馬何能齧芳草嗣立案杜甫沙苑行苑中騋牝三千匹豐草青青寒不死又留花門沙苑臨清渭泉香草豐潔路人不敢隨流塵

湘東宴曲補水經注臨承縣即故酃縣也縣即湘東郡治郡舊治在湘水東故以名郡

湘東夜宴金貂人梁元帝詩金貂總上流楚女含情嬌翠嚬玉管

將吹插鈿帶錦囊斜拂雙麒麟漢武内傳帝見西王母巾笈中有一卷書盛以紫錦之囊嗣立案徐注杜甫詩瑞錦刺麒麟重城漏斷孤帆去唯恐瓊籤報天曙南史陳文帝每雞人伺漏傳籤于殿中者令投籤于階石上鎗然有聲云吾雖得眠亦令驚覺萬戶沈沈碧樹員雨飛雨散知何處欲上香車俱脈脈魏武帝與楊彪書令贈足下畫輪四望通幰七香車二乘樂府青牛白馬七香車清歌響斷銀屏隔補世說桓子野每聞清歌輒喚柰何梁簡文帝美女篇朱顏半已醉微笑隱香屏隄外紅塵蠟一作蜜炬歸樓前澹月連江白

東郊行

鬬雞臺下東西道補郭緣生述征記廣陽門北有鬬雞臺大業拾遺記煬帝遊雞臺恍惚與陳後主遇帝叱之遂不見詳見下曹植名都篇鬬雞東郊道柳覆斑騅蝶縈草說文騅馬蒼黑雜色陳樂府明下童曲陳孔驕赭白陸郎乘斑騅案陳孔謂陳瑄孔範陸謂陸瑜皆後主狎客陳後主長相思蝶縈草樹繞絲块靄韶容鎖澹愁淮南王招隱士块兮軋注霧氣昧也青筐葉盡蠶應一作春蠶老禮疏蠶三俯三起二十七日而老謂之紅蠶王筠陌上桑秋胡始倚馬羅敷未滿筐春蠶朝已老安得久彷徨綠渚幽香注一作生白蘋注見下差差小浪吹魚鱗補淮南子水雲魚鱗王孫騎馬有歸意一作思注見下林彩空中一作著空如細塵安得一生一作入生樂府詩集作入主各相守燒船破

棧休馳一作狂走史記皆沈船破釜甑漢高帝紀漢王燒絕棧道世上方一作多應

無別離路傍更長千枝柳補三輔黃圖漢人送客至霸橋折柳贈別名曰銷魂橋

水仙謠祠立案侯鯖録清冷傳馮夷華陰潼鄉隄畔人也服八石得水仙是為河伯莊子注云以八月庚子浴于南河溺死杜甫詩飄泊南庭老祗應學水仙是也又案通鑑孫恩赴海死其黨從死者以百數謂之水仙

水客夜騎紅鯉魚列仙傳琴高趙人也行涓彭之術浮遊冀州涿郡間二百餘年後入涿水中取龍子與諸弟子期曰明日皆潔齋候于水傍果乘赤鯉來留月餘復入水去赤鸞雙鶴蓬瀛書補山海經女牀之上有鳥焉其狀如翟五彩文名曰鸞鳥錦帶仙家以隹傳書白雲傳信褚載詩惟

教催採丹丘信不遣人窺太乙鑪十洲記漢武帝八節常朝拜靈書以求度脫

輕塵不起雨新霽萬里孤光含碧虛玄真子碧虛之帝生于空露魄一作晃冠輕見雲髮補温嶠等傳論奕世登台露冕為飾王融詩驂首見雲髮寒絲七柱一作炷香泉咽

夜深天碧亂山姿光碎玉一作平波滿船月嗣立集琴操水仙操伯牙學鼓琴于成連先生三年而成至于精神寂莫情志專一尚未能也成連曰吾師子春在海中能移人情乃與伯牙延望無人至蓬萊山留伯牙曰吾將迎吾師刺船而去旬時不返但聞海水汨汲漰澌之聲山林窅冥羣鳥悲號愴然歎曰先生將移我情乃援琴而歌之曲終成連刺船而還

東峯歌

錦礫潺湲玉谿水說文礫小石也曉來微雨蕉一作藤花紫冉冉

山雞紅尾長一聲樵斧驚飛起松刺梳一作流空石差齒

煙香風輭人參叢案廣雅人葠地精參葠同本草似人形者有神陳羣曰阮孝緒母疾須人葠陳羣曰頗有蕪菁唐突人參也陽匡一夢伴雲根補張協雜詩雲根臨八極注雲根石也雲觸石而生故曰雲根仙菌靈芝夢魂裏案南華經注司馬彪曰朝菌大芝也葛稚川云芝有百種有肉芝菌芝

會昌丙寅豐歲歌雜言案舊唐書武宗即位改元會昌在位六年

丙寅歲休牛馬爾雅太歲在丙曰柔兆寅曰攝提格尚書歸馬于華山之陽放牛于桃林之野

風如吹煙日如渥赭詩頳如渥赭九重天子調天下宋玉九辨君之門兮九重春綠將年到西野西野翁生兒童門前好樹青芊茸芊茸單衣麥田路甯戚歌短布單衣適至骭邨南娶婦桃花紅補陳周弘正詠新婚詩壻顔如美玉婦色勝桃花新姑車右一作石及門柱蔡邕協和昏賦既臻門屏結軌下車粉項一作頸韓憑雙扇中補搜神記宋康王舍人韓憑妻何氏美王奪之憑怨自殺何氏乃陰腐其衣從王登臺遂投臺下左右攬其衣不得而死遺書于帶曰願得與憑合葬王弗聽使里人埋之冢相望也宿昔之間有梓生于二冢旬日盈抱屈體相就根交于下枝錯于上又有鴛鴦雌雄各一恒棲樹上交頸悲鳴補世說温嶠娶姑女既昏交禮女以手披紗扇撫掌大笑庾信為梁上黃侯世子

與婦書分杯帳裏卻扇牀前
喜氣自能成歲豐杜甫詩門闌多喜氣女壻近乘龍
農祥爾物一作勿來爭功梁簡文帝詩天馬照耀動農祥補國語虢文公曰太史順時視土農祥晨正土乃脉發韋昭曰農祥房星也晨正謂立春之日晨中于午也
碌碌古詞補老子碌碌如玉落落如石或作陸陸一作錄錄王劭曰陸錄並借字
左亦不碌碌右亦不碌碌補晉樂府聖郎曲左亦不佯佯右亦不翼翼
野草白一作著又一作自根肥羸牛生健犢世說顏延之常乘羸牛敝車詳卷三
融蠟作杏蔕男兒不戀家春風破紅意女頰如桃花補古詩何處諜觴來兩頰色如火自有桃花容莫言人勸我嗣立綦虞世南史畧北史盧士深妻崔林義之女有才學春日以

桃花𩑶兒面咒曰取紅花取白雪與兒洗面作光悅忠言未一作不見信巧語翻咨嗟一鞘無一作没兩刀才調集作刀張協雜詩長鋏鳴鞘中徒勞油壁車補蘇小小歌妾乘油壁車郎騎青驄馬何處結同心松柏西陵下

春野行雜言

草浅浅春如翦嗣立案徐注典論時歲莫春和風扇物弓燥手柔草浅獸肥花壓李孃愁飢蠶欲成繭補吳鈞陌上桑蠶飢妾復思拭淚且提筐太玄經紅蠶以繭自衣亦謂之室東城少年氣堂堂補何遜詩城東美少年金丸驚起雙鴛鴦補西京雜記韓嫣好彈常以金為丸所失者日有十餘長安為之語曰苦飢寒逐金丸京師兒童每聞嫣出彈輒隨

之望九之所落輙拾馬古絶句南山一樹桂上有雙鴛鴦舍羞更問衛公子月到枕前一作邊春夢長李白白頭吟且留琥珀枕還有夢來時此擬蕩子蕩婦之詞篇中李孃衛公子及三州詞李孃必有所指今不可攷無容强解

醉歌

檐椰初黄燕初才調集作新乳曉碧芊緜過微雨樹色深含臺榭情鸎聲巧作煙花主錦袍公子陳桮觴補李白傳崔宗之謫官金陵與白詩酒倡和常月夜乘舟自采石達金陵白衣宫錦袍于舟中顧瞻笑傲旁若無人撥醅百甕春酒香李白詩恰似蒲萄初撥醅詩為此春酒入門下馬問誰在李賀詩入

門下馬氣如虹降階握手登華堂陸雲詩王在華堂式宴嘉會臨邛美人連山眉西京雜記文君眉色姣好如望遠山臉際常若芙容低抱琵琶含怨思樂府雜録琵琶烏孫公主造推手前曰琵引手却曰琶朔風繞指我先笑明月入懷君自知嗣立案王融詠琵琶抱月如可明懷風殊復清吳筠詩洛陽名工見咨嗟一翦一刻作琵琶白辟規心學明月珊瑚映面作春風勸君莫惜金一作芳尊酒補曹植樂府詩金尊玉杯不能使薄酒更厚謝靈運詩清醑滿金尊年少須臾如覆手辛勤到老慕簞瓢於我悠悠竟何有洛陽盧仝一作生稱文房妻子腳秃舂黃糧嗣立案韓愈寄盧仝詩玉川先生洛城裏破屋數間而已矣一奴長須不裹頭一婢赤腳老無齒注

全居洛陽自號玉川子徐注張説姚文貞公碑銘武庫則矛戟森然文房則禮樂盡在宋玉招魂稻粢穱麥挐黃粱些嗣立案吳江吳兆宜云後漢書桓帝時童謡河閒姹女能數錢以錢為室金為堂石上膴膴舂黃糧黃糧之下有縣鼓我欲擊之丞相怒

阿奎光顏不識字 奎應作跌嗣立案舊唐書李光顏本河曲部落稽阿跌之族光顏光進弟也南史沈慶之手不知書每將署事輒恨眼不識字

指揮豪儁如驅羊 漢書辟如豺狼驅羣羊也補淮南子兵畧者避實就虛若驅羣羊

天犀壓斷朱鼹鼷一作**鼠** 廣雅犀徼外獸一角在鼻一角在額有粟文通兩頭名通天犀嗣立案爾雅郭璞注江東呼鼷鼠者似鼠大而食鳥在樹木上也魏文帝與王明書蚤蝨雖細困於安寢鼷鼠雖微猶毀郊牛

瑞錦鷩飛金鳳皇 補陸翽鄴中記錦署有鳳皇錦舊唐書外戚傳榮國夫人卒則天出內大瑞錦造佛

像追福其餘豈足霑牙齒補宋書謝朓好獎人才會稽孔闓粗有才筆孔時嘗令草讓表朓嗟吟良久謂時曰此子聲名未立應共獎成無惜齒牙餘論欲用何能報天子驚馬垂頭搶冥塵驊騮一日行千里見卷一但有沈冥醉客家補莊子蜀莊沈冥支頤瞪目持流霞補莊子左手據鄰右手支頤抱朴子項曼卿倫道山中自言至天上遊紫府遇仙人與流霞一杯飲之輒不飢渴唯恐南園風雨作一作落碧蕪狼藉棠梨花

江南曲五言

嗣立案樂府古題要解江南曲古詞云江南可采蓮蓮葉何田田又云魚戲蓮葉間魚戲蓮葉東魚戲蓮葉西魚戲蓮葉南魚戲蓮葉北蓋美其芳晨麗景嬉游得時也郭

茂倩樂府詩集梁武帝作江南弄以代西曲曲有采蓮采菱蓋出于此

妾家白蘋浦羅願爾雅翼萍其大者蘋五月有花白色謂之白蘋屈原九歌登白蘋兮騁望白居易記湖州城東南二百步抵雲谿谿連汀洲洲一名白蘋梁吳興太守柳惲於此賦詩云汀洲采白蘋因以名洲也日上芙蓉檝梁簡文帝詩玉軸芙容舟軋軋搖槳聲移舟入茭葉谿長茭葉深作底難相尋辟郎郎不見鸂鶒自浮沈拾萍萍無根補歎聞歌遙遙天無柱流漂萍無根采蓮蓮有子補子夜歌乘月采芙容夜夜得蓮子不作浮萍生寧為藕花死岸傍騎馬郎李白詩岸上誰家遊冶郎補梁末童謠可憐巴馬子一日行千里不見馬上郎但見黃塵起黃塵汙人衣皁莢作料理烏帽

紫游韁晉輿服志漢成帝制二宫直官著烏紗帽晉中興書太平中鄴下童謡曰青青御路楊白馬紫游韁汝非皇大子那得甘露漿舍愁復舍笑回首問橫塘補金陵覽古吳自江口沿淮築隄謂之橫塘吳都賦橫塘查下吳筠古意妾家橫塘北妾住金陵步一作浦補吳錄張紘言于孫權曰秣陵楚武王所置名為金陵秦始皇時望氣者云金陵有王者氣故斷連岡改名秣陵也門前朱雀航流蘇持作帳補梁簡文帝有女篇流蘇時下帳詳卷三芙容持作梁出入金犢幰蒼頡篇帛張車上曰幰補揚雄籍田賦微風生于輕幰善曰幰車幰也兄弟侍中郎古樂府陌上桑三十侍中郎前年學歌舞定得郎相許連娟眉繞山屈原九歌眉連蜷兮既留詳見上依約腰如杵嗣立案搜神記何文莫入北堂

梁上有一人高冠朱情呼曰細腰細腰應諾文因呼細
腰問向衣冠是誰答曰金也在西壁下問君是誰答曰
我杵也今在竈下文掘金燒杵由是大富鳳管悲若咽補庾信楊柳歌鳳皇新管蕭史吹鸞
弦嬌欲語補十洲記鳳麟洲在西海中央洲上專多鳳麟數百合羣亦多仙家煮鳳喙及麟角合煎
作膠名為集弦膠扇薄露紅鉛江洪詠歌姬詩輕紅澹鉛臉羅輕壓金縷見卷
一明月西南樓補鮑昭玩月詩始見西南樓纖纖如玉鉤珠簾玳瑁鉤見卷六
橫波巧能一作相笑補傅毅舞賦目流眄而橫波彎蛾不識愁李賀詩長眉對
月鬭彎環花開子留樹草長根依土早一作上閨金溝遠南史羊戎
曰金溝清泚銅池搖颺底事歸郎許不學楊白花一作楊花白又一作閨中婦

朝朝淚如雨嗣立案梁書楊華名白花武都仇池人少有勇力容貌脩偉魏胡太后逼通之華懼及禍乃率其部曲降梁太后追思不已為作楊白花歌使宮人連臂蹋足歌之聲甚悽惋楊白花歌含情出戶脚無力拾得楊花淚霑臆

錢唐曲樂府詩集作堂堂

錢唐岸上春如織補吳郡緣海四縣記錢唐西南五十里有定山去富春又七十里橫出江中波濤迅遄以避山難辰發錢唐已達富春淼淼寒潮帶晴色淮南游客馬連一作頻嘶碧草迷人歸不得淮南王招隱士王孫遊兮不歸春草生兮萋萋飄客意一作思如吹煙纖指殷勤傷雁弦一曲堂堂紅燭

筵金一作長鯨瀉酒如飛泉杜甫飲中八仙歌飲如長鯨吸百川又百壺那送酒如泉

惜春詞

百舌問花花不語月令注反舌百舌也春始鳴至五月能變其舌反學其聲為百鳥之鳴補邢劭春歌花塢蝶雙飛柳堤鳥百舌低回似恨橫塘雨蠭爭粉蘂蝶分香崔豹古今注蠭垂額如鋒曰蠭蝶以須鰥不似垂楊惜金縷願君一作言留得長妖韶莫逐東風還蕩搖秦女含嚬向煙月補梁簡文帝詩倡樓秦女乍相值寨樂府詩集唐李白樂府有秦女卷衣愁紅帶露空迢迢一作寥寥

春愁曲

紅絲穿露珠簾冷補西京雜記昭陽殿織珠為簾風至則鳴如珩佩之聲鮑昭詩珠簾無隅露羅幌不勝風百尺啞啞下纖綆補費昶行路難唯聞啞啞城上烏玉闌金井牽轆轤説文綆汲井索也莊子綆短者不可以汲深遠翠愁山入卧屏兩重雲母空烘影西京雜記趙飛燕為皇后女弟昭儀遺雲母屏風琉璃屏風李賀詩琉璃疊扇烘涼簪墜髮春眠重玉兔熅香才調集作氤氳柳如夢李白詩玉兔擣藥春復秋錦疊空牀委墜紅古詩蕩子行不歸空牀難獨守颸颸埽尾雙金鳳補古樂府秋風肅肅晨風颸吳都賦翼颸風之飀飀𩗓立桀徐注黃庭經古者盟以玄雲之錦九十尺金簡鳳文羅四十尺蠭喧蝶駐俱一作戲悠揚柳拂赤闌纖草長覺後梨花委平

綠春風和雨吹池塘徐注謝靈運詩池塘生春草

蘇小小歌補樂府廣題蘇小小錢唐名倡也蓋南齊時人吳地記嘉興縣前有晉伎蘇小小墓

買蓮莫破券嗣立案北齊武成後謠千金買果園中有芙容樹破券不分明蓮子隨他去買

酒莫解金嗣立案梁簡文帝詩當壚設夜酒宿容解金鞍迎來挾琴易送別唱歌難酒裏春

容抱離恨嗣立案子夜歌郎懷幽閨性儂亦恃春容水中蓮子懷芳心吳宮

女兒腰似束補趙煜吳越春秋闔閭城西研石山上有館娃宮登徒子好色賦腰如束素家

在一作住錢唐小江曲一自檀郎逐便風李賀詩檀郎謝女眠何處或曰檀奴潘安仁小字後人因號為檀郎門前春水年年綠江淹別賦春草碧色春水綠波

春江花月夜詞補隋煬帝作春江花月夜曲云莫江平不動春花滿正開流波將月去潮水帶星來

玉樹歌闌海雲黑嗣立案晉書樂志春江花月夜玉樹後庭花並陳後主所作後主常與宮中女學士及朝臣相和為詩太常令何胥又善于文詠采其尤豔麗者以為此曲花庭忽作青蕪國補李端詩青蕪赤燒生秦淮有水水無情建康錄始皇鑿鍾阜為瀆令水貫其中以洩王氣呼秦淮還向金陵漾春色注見上楊家二世安九重補隋書煬皇帝諱廣一名英小字阿麼高祖第二子也不御華芝嫌六龍嗣立案隋書大業元年八月壬寅上御龍舟幸江都以左武衛大將軍李景為後軍文武官五品已上給樓船九品已上給黃篾舳艫相接二百餘里俞瑒云甘泉賦登鳳皇而翳華芝注華芝蓋也易時乘六龍以御天百幅錦帆

風力滿詞立案開河記煬帝御龍舟幸江都舳艫相繼自大堤至淮口聯綿不絕錦帆過處香聞十里

連天展盡金芙容樂府子夜歌玉滿金芙容

珠翠丁星復明滅詞立案隋遺録帝御龍舟蕭妃乘鳳舸每舟擇妙麗女子千人執雕版鏤金檝號為殿脚女徐注宋玉招魂翡翠珠被爛齊光些

龍頭劈浪哀笳發詞立案隋書樂志煬帝大製豔篇辭極淫綺令樂正白明達造新聲創泛龍舟等曲掩抑摧藏哀音斷絕煬帝泛龍舟曲舳艫千里泛歸舟言旋舊鎮下揚州借問揚州在何處淮南江北海西頭

千里涵空照才調集作澄

水魂萬枝破鼻團一作飄

香雪詞立案徐注隋書煬帝自版渚引河作街道植以楊柳名曰隋隄一千三百里又案揚州后土廟有花一枝潔白可愛樹大而花繁俗謂之瓊花天下獨一枝歐陽永叔為揚州作無雙亭以賞之

漏轉

霞高滄海西玻璃枕上聞天雞 補韻會玻璃寶玉名本草作頗黎云西國寶或云是水玉千歲氷為之唐高宗紀支汗郡王獻碧玻璃淮南子桃都山有天雞日出即鳴詳卷一

鸞弦代雁一作寫曲如語 嗣立案大業拾遺記帝自達廣陵沈湎失度每睡歌吹齊發方就一夢

一醉昏昏天下迷 嗣立案迷樓記煬帝建迷樓選後宮女數千以居其中大業拾遺記帝于大選樓張四帳二名醉忘歸三名夜酣香

四方傾疑作澒動煙一作風塵起 補杜甫詩風塵澒動昏王室淮南子未有天地之時鴻濛澒動莫知其門

猶在濃香一作團夢魂裏 嗣立案呂東萊隋書大業十三年五月甲子唐公起義師于太原十一月丙辰唐公入京師辛酉遙尊帝為太上皇帝代王侑為帝改元義寧二月三月右屯衛將軍宇文化及以驍果作亂入犯宮闈上崩于温室時年五

十

後主荒宮有曉鸎飛來只隔西江水

嗣立案隋遺錄煬帝在江都昏湎滋深嘗遊吳公宅雞臺恍惚與陳後主相遇尚喚帝為殿下後主舞女數十中一人迥美帝屢目之後主云即麗華也乃以海蠡酌紅梁新醖勸帝帝飲之甚歡因請麗華舞玉樹後庭花麗華徐起終一曲後主問帝蕭妃何如此人帝曰春蘭秋菊各一時之秀也後主問帝龍舟之遊樂乎始謂殿下致治在堯舜之上今日復此逸遊大抵人生只圖快樂曩時何見罪之深耶帝忽悟叱之怳然不見

懊惱曲

嗣立案古今樂錄懊儂歌者晉石崇綠珠所作唯絲布澀難縫一曲而已後皆隆安初民間訛謠之曲宋書五行志晉安帝隆安中民忽作懊惱歌又案樂錄華山畿者宋少帝時懊惱一曲亦變曲也

萬絲作線難勝鋮嗣立案俞瑒云朱超采蓮曲摘除蓮上葉拖出藕中絲說苑縷因鋮而入

欒粉染黄那得深白玉才調集作玉白蘭芳不相顧陸機短歌行蘭以秋芳

青一作倡又一作紅樓一笑輕千金嗣立案劉石齡云晉書麴游歌南開朱門北望青樓李白白紵詞美人一笑千黄金

莫言自古皆如此健劍剸鐘鉛繞指補說苑西閭過曰千將莫邪拂鐘不錚試物不知劉琨詩何意百鍊鋼化為繞指柔

三秋庭緑盡迎霜王融詩秋風下庭緑唯有荷花守紅死補讀曲歌荷燥芙容萋蓮汝藕欲死李賀詩秋白鮮紅死

盧一作西江小吏朱斑輪補古詩為焦仲卿妻作序漢末建安中盧江府小吏焦仲卿妻劉氏為仲卿母所遣自誓不嫁逼之乃投水而死仲卿聞之亦自縊于庭樹時人傷之為詩云爾

入詩云金車玉作輪柳縷吐牙香玉春一作新兩股金釵已相許嗣立棨徐注白居易長恨歌釵留股合一扇釵擘黄金合分鈿不令獨作空城才調集作成塵悠悠楚水流如馬李賀詩黄塵清水三山下更變千年如走馬恨紫愁紅滿平野野土千年怨不平至今燒作鴛鴦瓦晉書鄴都銅雀臺皆鴛鴦瓦梁昭明太子詩日麗鴛鴦瓦

三洲詞補唐書樂志三洲商人歌也古今樂錄三洲歌者商客帆數遊巴陵三江口往還因共作此歌

團員一作圝莫作波中月潔白莫一作無為枝上雪月隨波

動碎潾潾雪似梅花不堪折李娘十六青絲髮畫帶雙花爲君結梁武帝詩繡帶合歡結門前有路輕一作生別離樂府詩集作離別唯一作只恐歸來舊香滅

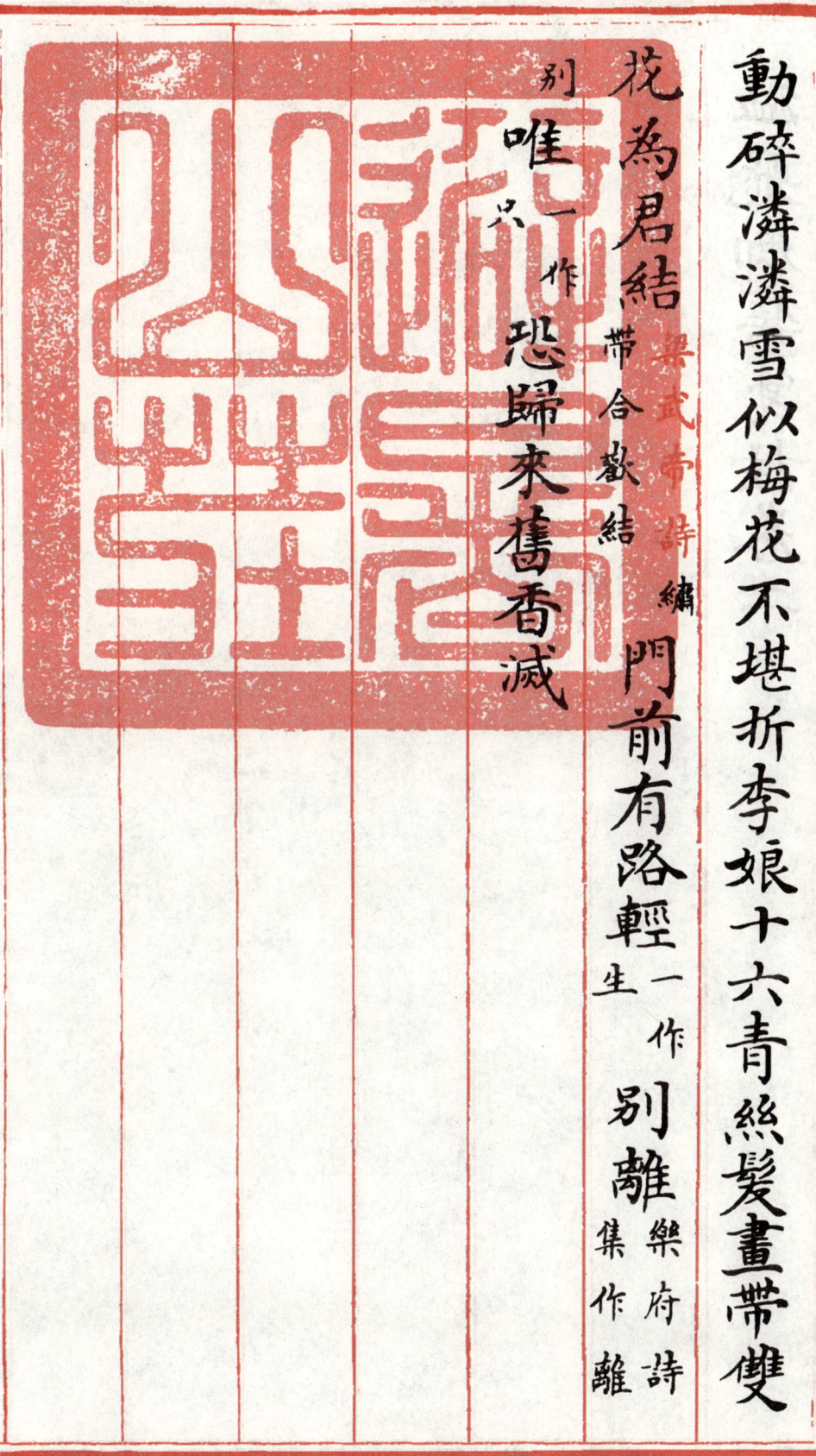

温飛卿集箋註卷二

欽定四庫全書

温飛卿集箋註卷三

明　曾　益原註

長洲顧予咸補輯

顧嗣立重訂

春曉曲嗣立案才調集此詩及邊笳曲俠客行春日詠嚬太子西池共七首皆齊梁體

家臨長信往來道三輔黃圖漢洛門至閣廟門有長信宮在其中乳燕雙雙拂一作掠烟草油壁車輕金犢肥油壁車注見卷二嗣立案朝野僉載麗帝師養一牸

牛一赤犢子前後生五犢得絹一百匹又翻轉至萬匹時號金犢子懊儂歌黃牛細犢車遊戲出孟津流

蘇帳曉春雞早補晉摯虞決疑要注天子帳流蘇為飾籠中嬌鳥暖猶睡補左思詠史詩習習籠中鳥舉翮觸四隅盧照鄰長安古詩一羣嬌鳥共啼花簾外落花閑不埽哀桃一樹近前池張正見有哀桃賦似惜紅顏鏡中老

獵騎樂府詩集有詞字

早辭平扆殿禮記天子負扆南向而立夕奉湘南宴漢書湘南縣屬長沙國禹貢衡山在東南荊州山香兔抱微烟嗣立案謝莊月賦引玄兔于帝臺注張衡靈憲月者陰精之宗積成為獸象兔形重鱗疊輕扇曹植扇賦效龍蛇之蜿蜒補謝朓詩輕扇動涼颸蠶飢

使君馬古樂府日出東南隅行羅敷善采桑采桑城南隅又使君從南來五馬立踟躕補梁武帝子夜四時歌君住馬已疲妾去蠶已飢雁辟將軍箭隋書史萬歲從梁士彥軍次馮翊見羣雁飛來萬歲謂王彥曰請射行中第三者既射之應弦而落寶柱惜離弦柳惲詩秋風吹玉柱流黃悲赤縣流黃注見下理敘低舞鬟換袖回歌面晚柳未如絲補枚乘柳賦吁嗟弱柳流亂輕絲春風已如霰補柳惲詩春花落如霰所嗟故里曲不及青樓宴

西州樂府詩集作洲曲吳聲曲一作詞

悠悠復悠悠昨日下西州西州風色好遙見武昌樓武昌

樓注詳下武昌何鬱鬱古詩洛中何鬱鬱儂家定無匹小婦被流黃

登樓撫瑶瑟嗣立案古樂府相逢狹路間大婦織羅綺中婦織流黄少婦無所作挾瑟上高堂陸

機詩佳人理瑶瑟朱弦緐復輕嗣立案徐注蔡邕琴賦緐弦既和素手直淒清

古詩娥娥紅粉妝纖纖出素手一彈三四解掩抑似含情古詩一彈再三歎慷慨有

餘哀嗣立案冊府元龜李延年因胡曲更造新聲二十八解南樓登且望西江廣復

平艇子搖兩槳催過石頭城嗣立案古樂府莫愁樂莫愁在何處莫愁石城西艇

子打兩槳催送莫愁來門前烏臼樹慘澹天將曙灘鶩飛復還郎

隨早帆去嗣立案江淹西州曲西州在何處兩槳橋頭渡日莫伯勞飛風吹烏臼樹樹下即門前門

中露翠鈿開門郎不至出門采紅蓮回頭語同伴定復負情儂去帆不安幅作抵使西風他日相尋索莫作西州客西州人不歸春草年年碧

燒歌說文野火曰燒燒去聲

起來望南山山火燒山田微紅夕一作久如滅短燄復相連差差向巖石冉冉淩青壁低隨回風盡遠照檐茅一作茅檐赤鄰翁能楚言倚鍤欲潸然補史記歌曰鄭國在前白渠起後舉鍤為雲決渠為雨詳卷六自言楚越俗燒畬作早一作旱田嗣立案農書荆楚多畬田先縱

火熂爐候經雨下種歷三歲土脈竭復熂旁山熂燹火燎草爐火燒山界也杜田曰楚俗燒榛種田曰畬先以刀芟治林木曰斫畬其刀以木為柄刃向曲謂之畬刀豆苗蟲促促陶潛詩草籬盛豆苗稀上花當屋杜甫詩疎籬帶晚花廢棧豕歸闌莊子編之以厚棧注編木作棧以禦溼廣場雞啄粟新年春雨晴處處賽神聲漢郊祀志冬賽禱祠師古曰賽謂報其所祈也持錢就人卜敲瓦隔林鳴元稹詩病賽烏稱鬼巫占瓦代龜注巫俗擊瓦觀其文理分析定吉凶曰瓦卜卜得山上上一作上山卦歸來桑棗下吹火向白茅一作葦腰鎌映頳蕉列子擁鎌帶索說文鎌鍥也補鮑昭東武吟腰鎌刈葵索風驅槲葉烟槲樹連平山補北史李元忠作壘以自保坐于大槲樹下迸星

拂霞外飛燼落階前仰面呻一作呼復嚏學記今之教者呻其佔畢詩願言則嚏宇林嚏鼻塞而噴一云咳嗽聲雅孃咒豐歲誰知蒼翠容畫作官家稅漢蓋寬饒傳三王官天下五帝家天下王建田家行麥收上場絹在軸的知輸得官家足

長安寺

仁祠寫露宮長安佳氣濃烟樹含葱蒨江淹詩丹巘被葱蒨金剎映芊茸補西京雜記以黄金為剎法華經長表金剎詳卷二繡戶香焚象補杜甫玄元皇帝廟詩山河扶繡戶珠網玉盤龍謝朓詩深沈映朱網補沈約詩網軒映珠綴鮑照詩桂柱玉盤龍寶題斜一作新翡翠補甘泉賦璇題玉英應劭曰題頭也榱椽之頭皆以玉飾也天

井倒芙蓉 補王延壽魯靈光殿賦員淵方井反植芙蕖風俗通令殿作天井井者東井之像也菱荷水中之物皆所以厭火也

幡長回遠吹 補釋氏要典沙門得一法者便當建幡告四遠維摩經勝幡建道場嗣立案指月錄慧能大師至廣州法性寺值印宗法師講涅槃經寓止廊廡間莫夜風颺刹幡聞二僧對論一曰幡動一曰風動往復不已祖曰不是風動不是幡動仁者心動一衆竦然

窗虛含曉風遊騎迷青瑣 補何晏景福殿賦青瑣銀鋪詳見卷一

歸鳥思華鐘 西都賦鍾華鐘善曰鐘有篆刻之文故曰華也

雲拱承跗邐 杜甫詩朱拱浮雲細細輕

羽葆背花重 見卷一

所嗟連社客 見卷七

輕蕩不相從

和沈參軍招友生觀芙蓉池

桂棟坐清曉屈原九歌桂棟兮蘭橑瑶琴雙一作商鳳絲司馬相如琴歌鳳兮鳳兮歸故鄉遨遊四海求其皇嗣立案西京雜記成帝侍郎善鼓琴能為雙鳳之曲況聞楚澤香補子虛賦臣聞楚有七澤嘗見其一名曰雲夢適與秋風期漢武帝秋風辭秋風起兮白雲飛

遂使一作從櫂萍客靜嘯烟草湄古詩涉江采芙蓉蘭澤多芳草倒影回

澹蕩愁紅媚漣漪詩河水清且漣漪湘莖久鮮一作鮮澀宿雨增

離披補宋玉九辯白露既下降百草兮奄離披此桐楸而我江海客杜甫詩張公一生江海客楚游動一作勤夢思補杜甫詠懷古跡雲雨荒臺豈夢思北渚水雲蔓一作葉補屈原九歌帝子降兮北渚南塘烟露枝江淹西州曲采蓮南塘秋豈亡一作無臺

榭芳獨與鷗鳥知補列子海上人好鷗鳥每旦至海上從鷗鳥游其父曰吾聞鷗鳥皆從子游汝取來吾玩之明日之海上鷗鳥翔舞而不下珠墜魚迸淺補鮑照芙蓉賦葉折水而為珠謝朓詩魚戲新荷動影多鳧泛遲屈原卜居將泛泛若水中之鳧乎補唐太宗采芙蓉詩游鸎無定曲驚鳧有亂行落英不可攀離騷朝飲木蘭之墜露兮夕餐秋菊之落英返照昏澄陂

寓懷

誠足不顧一作願得妄矜徒有言語斯諒未盡隱顯何一作可悠然洵彼都邑盛劉熙釋名國城曰都都四井為邑眷唯車馬喧陶潛雜詩

結廬在人境而無車馬喧自期尊客卿戰國策蔡澤西入秦秦昭王名見與語大悅之拜為客卿

非意干王孫補漢韓信傳漂母怒曰吾哀王孫而進食豈望報乎銜知有貞爵處

實非厚顏越絕書名過實者滅聖人不使名過實詩顏之厚矣苟無海岱一作岳氣

補魏志許汜曰陳元龍湖海之士豪氣不除奚取壺漿恩補戰國策中山君曰吾以一桮羊羹亡國以一壺餐得士二人唯絲一作師南山楊補漢書楊惲字子幼華陰人楊惲報孫會宗書其詩曰田彼南山蕪穢不治種一頃豆落而為萁人生行樂耳須富貴何時嗣立案李賀浩歌買絲繡作平原君有酒唯澆趙州土

適我松菊香補陶潛歸去來辭三徑就荒松菊猶存

鵬鯤誠來一作末憶補莊子北冥有魚其名為鯤化而為鳥其名為鵬怒而飛其翼若垂天之雲鵬之徙于南溟也

水擊三千里摶扶搖而上者九萬里誰謂凌風翔莊子鵾巢于高榆之顛巢折凌風而起
余昔自西濵得蘭數本移蓺于庭亦既逾歲而芃
然蕃殖自余遊者未始以芳草為遇矣因悲夫物
有厭常而反不若混然者有之焉遂寄情于此
寓賞本殊致意幽非吾情吾常有流一作疏淺外物無重
輕稽康養生論外物以累心不存各言蓺幽深彼美香素莖屈原九歌綠葉
兮素枝芳菲菲兮襲予豈為賞者設自保孤根生補家語芝蘭生于深谷不以無
人而不芳易地無赤株草木疏蘭為王者香草其莖葉皆似澤蘭廣而長節節中赤高四五尺

麗土亦同榮易百穀草木麗乎土賞際林壑近泛餘烟露清余懷

既鬱陶尚書鬱陶乎予心顏厚有忸怩爾類徒縱橫補揚雄解嘲一縱一横論者莫當

妍蚩苟不信張正見白頭吟語默妍媸際浮沈毀譽中寵辱何為驚老子寵辱若驚

真隱諒無迹激時猶揀名幽叢靄綠畹補文子叢蘭欲發秋風敗之騷余既滋蘭之九畹兮又樹蕙之百畝王逸注十二畝為畹豈必懷歸耕漢夏侯勝傳學經不明不如歸耕

秋日

爽氣變昏旦世說王子猷以手版拄頰云西山朝來致有爽氣補謝靈運詩昏旦變氣候山水含

清暉神皋徧原隰西京賦實維地之奧區神皋詩于彼原隰釋名廣平曰原下溼曰隰補西都賦原隰龍鱗烟華久蕩搖石澗仍清急柳闇山犬吠蒲流水禽立菊花明欲迷棗葉光如溼天籟思林嶺莊子敢問天籟子綦曰夫吹萬不同而使其自已也車塵倦都邑譸張夙所違尚書民無或須譸張為幻補世說王僧彌謂謝車騎曰君何敢譸張悔恡何由入繫辭吉凶悔吝者生乎動者也補庾信詩陽窮乃悔吝芳草秋可藉補孫綽天台賦藉萋萋之纖草幽泉曉堪汲牧羊燒外鳴林果雨中拾王維詩雨中山果落復此遂閒曠補莊子就藪澤處閒曠此江海之士避世之人也閒曠者之所好也翛然脫羈縶補江偉答軍司馬詩羈縶繫世網進退維準繩

田收鳥雀喧氣肅龍蛇蟄易龍蛇之蟄佳節足豐穰良朋阻

遊集沈機日寂寥宋玉九辯寂寥兮收潦而水清葆素常呼吸補莊子吹嘘呼吸故納新此導引之士養形之人也投迹倦攸往易利有攸往放懷志所執見卷四良時有東菑爾雅田一歲曰菑吾將事蓑笠詩何蓑何笠

七夕歌

鳴機札札停金梭補古詩纖纖擢素手札札弄機杼嗣立案秘閣閒話蔡州蔡氏七夕禱以酒果忽流星墜筵中明日瓜上得金梭由是巧思益進梁簡文帝七夕詩天梭織來久方逢今夜停芙蓉

澹蕩秋水一作生池波夜一作神軒紅粉陳香羅補周處風土記七月七日

其夜灑埽于庭露施几筵設酒脯時果散香粉于河鼓織女鳳低蟬薄愁雙蛾微光奕奕凌曙一作天河四民月令七夕見天漢中有奕奕正白氣補王鑒七夕詩隱隱驅千乘闐闐越星河鸞咽寉淚飄飄歌補湯惠休楚明妃曲驂駕鸞寉往來僊靈禽經寉以潔唳彎橋銷晝奈愁一作愁奈何淮南子烏鵲填河成橋而渡織女天氣駘蕩雲陂陀補莊子惠施之林駘蕩而不得逐物不及司馬彪曰駘蕩猶施散也謝朓詩春物方駘蕩宋玉招魂文異豹飾侍陂陀些平明花木有愁意一作思露溼絲盤蛛網多補荊楚歲時記七夕婦人結綵縷穿七孔鍼或以金銀鍮石為鍼陳瓜果于庭中以乞巧有喜子網于瓜上則以為得宋孝武帝七夕詩迎風披綵縷向月貫玄鍼

酬友人

辭榮亦素尚補孔欣猛虎行飢不食邪蒿菜倦不息無終里邪蒿乖素尚無終喪若始倦遊非夙心補司馬相如傳長卿故倦遊郭璞曰厭游宦也寧復思金籍嗣立案謝朓始出尚書省詩既通金閨籍復酌瓊筵醴注金閨金馬門也籍者為二尺竹牒記其年紀名字物色懸之宮門案省相應乃得入也獨此臥烟林閒雲無定貌佳樹有餘陰補左傳韓宣子來聘宴于季氏有嘉樹焉宣子譽之坐久芰荷發釣闌一作餘芰葦深游魚自搖漾一作蕩陶潛詩臨水媿游魚浴鳥故浮沈補杜甫詩一雙灘鷺對沈浮唯君清露夕補西京賦承雲表之清露一為灑煩襟

觀舞伎

朔音悲嘒管詩嘒嘒管聲瑤躡動芳塵補王子年拾遺記石虎太極殿樓高四十丈舂雜寶異香為屑使數百人于樓上吹散之名曰芳塵臺總袖時增怨一作態韓非子長袖善舞聽破復含嚬嗣立案太平廣記引傳載錄天寶中樂章多以邊地為名若涼州甘州伊州之類是焉其曲偏繁聲名入破後其地盡為西蕃所沒破乃其兆矣凝腰倚風輭補梁王謝詠舞詩傾腰逐韻管斂色聽張弦袖輕風易入釵重步難前花題照錦春嗣立案杜甫詩胡舞白題斜題者額也朱弦固淒緊補傅毅舞賦弛緊急之弦張兮慢末事之骫曲殷仲文詩風物自淒緊瓊樹亦迷人嗣立案崔豹古今注魏文帝宮人莫瓊樹薛夜來陳尚衣陳巧笑日夜在側

邊笳曲

樂部笳胡人卷蘆葉為之置部前曰頭管

朔管迎秋動補李陵答蘇武書涼秋九月塞外草衰又胡笳互動牧馬悲鳴鵰陰一作音非雁來早鵰立案舊唐書隋雕陰郡武德三年于延州豐林縣置綏州總管府上郡隱黃雲鵰立案書地理志貞觀二年罷都督府移州治上縣天寶元年改為上郡乾元元年復為綏州江淹詩黃雲蔽千里天山吹白艸鵰立案史記索隱祁連山一名天山亦曰白山在張掖酒泉三郡界唐書西州交河郡有天山開元二年置天山軍隸河西道案劉石齡云杜詩注引歸州圖經邊地多白草昭君冢道青嘶馬渡一作悲寒磧說文沙漠曰磧朝陽照霜堡廣韻堡障小城也江南戍客心一作情門外芙蓉老古樂府江南詞江南可采蓮蓮葉何田田李賀詩鯉魚風起芙蓉老

經西塢偶題

搖搖弱柳黄鸝一作鸎啼世說戴顒春日攜雙柑斗酒人問何之曰往聽黄鸝聲芳草無情人自迷日影明滅金色鯉補神農書鯉為魚王無大小脊傍鱗皆三十有六鱗上有小黑點文有赤白黄三種杏花唼喋青頭雞補沈懷遠長鳴雞贊翠冠繽莒碧距麗陝微紅柰蔕惹蜂粉晉起居注嘉柰一蔕十五實或七實生于酒泉補褚澐詠柰詩映日照新芳叢林抽晚蔕潔白芹牙入一作穿燕泥薛道衡昔昔鹽空梁落燕泥補杜甫詩芹泥隨燕觜借問含嚬向何事昔年曾到武陵谿見卷五

金虎臺嗣立案鄴都故事漢獻帝建安五年曹操破袁紹于鄴十五年築銅雀臺十八年作

金虎臺十九年造氷井臺所謂鄴中三臺也

碧草連金虎青苔蔽石麟補西京雜記五柞宮西有青梧觀觀前有三梧桐樹下有石麒麟二枚刋其脅為文字是秦始皇酈山墓上物也詳見下

皓齒芳塵起補傅毅舞賦吐哇聲則發皓齒詳見下

纖腰玉樹春補張衡舞賦搦纖腰以互折詳見卷一

倚瑟紅鉛溼補漢書文帝使慎夫人鼓瑟帝自倚瑟而歌師古曰倚瑟即今之以歌合曲也梁元帝詠歌詩汗輕紅粉溼

分香翠黛嚬補陸機弔魏武帝文餘香可分與諸夫人諸舍中無所為學作履綦賣也梁元帝賦愁容

誰言奉陵寢相顧復霑巾補張衡四愁側身西望淚霑巾翠眉斂

俠客行補郭茂倩樂府詩集戰國公子皆藉王公子勢競為游俠以取重諸侯顯名天下後

世遂有游俠曲魏陳琳晉張華又有博陵王宮俠曲

欲出鴻都門地里志鴻都門在洛陽陰雲蔽城闕寶劍黯如水嗣立案趙煜吳越春秋越王允常聘歐冶子作名劍五枚一曰純鈎秦客薛燭善相劍越王取示之燭曰光乎如屈陽之華沈沈如芙蓉始生于湖觀其文如列星之行觀其光如水溢于塘此純鈎也微紅溼餘血

白馬夜頻嘶才調集作驚古樂府白馬金羈俠少年三更霸陵雪關中記霸陵為漢文帝陵在雍州城東南四十里白鹿原上鳳凰觜下

詠曉

蟲歇紗窗靜補庾信蕩子賦紗窗獨掩羅帳長垂雅散碧梧寒稍驚朝佩

動猶傳清漏殘亂珠凝燭淚補梁簡文帝對燭賦漸覺流珠走熟視絳花多詳卷一微紅上露盤三輔故事武帝于建章宮立銅柱高二十丈上有僊人掌承露盤褰衣復理鬢餘潤拂芝蘭

芙蓉

刺莖瀲灧緑一作碧李賀詩緑刺罥銀泥花片參差紅孫楚蓮華賦紅花電發暉紅煒煒吳歌秋水冷嗣立案晉書樂志吳歌雜曲並出江南東晉已來稍有增廣其始皆徒歌既而被之管弦蓋自永嘉渡江之後下及梁陳咸都建業吳聲歌曲起于此也湘廟夜雲空補酈道元水經注太湖水西流徑二妃廟南世謂之黃陵廟大舜之陟方也二妃從征溺于湘江民為立祠于水側焉方輿勝

覽在潭州湘陰北九十里濃藍香露裏柳宗元詠芙蓉詩薄彩寒露裏美人清一作肯鏡中李白詩荷花鏡裏香南樓未歸客注詳下一夕練塘東圖經華亭有三泖一谷泖自澱湖入練塘

敕勒歌塞北樂府廣題北齊神武攻周玉辟士卒死者十四五神武恚憤疾發周王下令曰高歡鼠子親犯玉壁劍弩一發元兇自斃神武聞之勉坐以安士衆悉引諸貴使斛律金唱敕勒神武自和之

敕勒金幘一作憤壁一作碧陰山無歲華秦本紀西北斥逐匈奴自榆中並河以東屬之陰山徐廣曰陰山在五原北通典陰山唐為安北都護府帳外風飄雪嗣立案唐書吐

蕃贊普聯氈帳以居號大拂廬容數百部人號小拂廬鮑昭詩胡風吹朔雪

營前月照沙

嗣立案陸機論孫權聞曹公來築營于濡須塢以拒之狀如偃月號偃月營范雲擬古寒沙四面平

羌兒吹玉管

補風俗通笛元羌出又有羌笛然羌笛與笛二器不同長于古笛有三孔大小異故謂之雙笛杜甫秦州雜詩東征健兒盡羌笛莫吹哀

胡姬蹋錦花

嗣立案樂府雜錄胡旋舞居一小圜毬子上舞縱橫騰擲兩足終不離毬上其妙如此白居易樂府胡旋女莫空舞

郤笑江南客梅落不歸家

補鮑昭吳均樂府皆有梅花落程大昌演繁露笛亦有落梅折柳二曲今其曲亡不可攷矣

邯鄲郭公詞

本集作祠誤嗣立案北齊樂府邯鄲郭公歌邯鄲郭公九十九技兩漸進入滕口大兒緣高岡雉子東南走不信吾言時當看歲在酉樂府廣題北齊後主高緯雅好傀

傀儡謂之郭公時人戲為郭公歌及將敗果嘗邯鄲高郭聲相近九十九末數也滕口鄧林也大兒謂周帝太祖子也高岡後主姓也雉雞頭武成小字也後敗于鄧林盡如歌言蓋語妖也案此時別見郭茂倩樂府詩集中題作邯鄲郭公詞明高啟集樂府中亦有邯鄲郭公歌一首本集誤詞為祠原注漫引郭子儀圍鄴城以保東京嗣後建祠祀之荒唐已甚今亟為改正案陳後山詩話楊大年傀儡詩云鮑老當筵笑郭郎笑他舞袖太郎當若教鮑老當筵舞轉更郎當舞袖長郭郎即郭公也

金笳悲故曲樂部笳似觱栗無竅以銅為之琴集大胡笳十八拍小胡笳十九拍並蔡琰作玉座積深塵補謝朓銅雀臺詩玉座猶寂寞況乃妾身輕言念樂府詩集作是邯鄲伎

不見（樂府詩集作易）鄴城人青苔竟埋骨（補杜甫詩古人白骨生青苔）紅粉自傷神（補白居易燕子樓詩見說白楊堪作柱爭教紅粉不成灰）唯有漳（一作淬）河柳還向舊營春

古意

莫莫復莫莫（詩莫莫葛藟）絲蘿緣磵壑（廣雅兔絲蔓連草上女蘿自下蔓松上生枝一名松蘿）散木無斧斤（莊子此散木也不夭斧斤物無害者）纖莖得依（一作所）託枝低浴鳥歇根靜縣泉落（列子縣流三十丈）不慮見春遅空傷致身錯

齊宮

白馬雜金飾補曹植白馬篇白馬飾金羈言從雕輦回見卷六粉香隨

笑度鬢態伴愁來遠水斜如翦補杜甫戲題畫山水圖歌焉得并州快翦刀翦取吳松

半江水青莎綠似栽本草青莎一名水香稜一名雀頭香上林賦注徐廣云莨莎可染紫所

恨章華日冉冉下層臺補左傳楚子成章華之臺

春日

柳岸杏一作暗百花稀梅梁乳燕飛金陵志謝安造新宮適有梅木浮至石頭城下

取為梁畫梅花于上以表瑞陰鏗詩梁花畫早梅美人鸞鏡笑見卷四嘶馬雁門

歸山海經雁門雁出其間在高柳西補漢地里志雁門郡注秦置屬并州楚宮雲影薄見卷六

臺城心賞違臺城見卷一鮑照白頭吟心賞猶難恃貌恭豈易憑從來千里恨邊

色滿戎一作戍衣

詠春幡嗣立案後漢志立春之日夜漏未盡五刻京都百官皆衣青衣立青旛施土牛耕人于門外又立春青旛今世翦綵錯緝為旛勝雖朝廷亦縷金銀繒綃為之感于首士庶俱翦綵為小旛散于首飾花枝皆曰春旛或翦為春蛺春錢春勝花鳥人物之巧以相遺

閒庭見早梅花影為誰栽碧烟隨刃落蟬鬢覺春來補宋之問詩今年春色早應為剪刀催古今注莫瓊樹始製為蟬鬢挈之縹緲如蟬翼故號曰蟬鬢代

郡嘶金勒說文勒馬頭絡銜也有銜曰勒無銜曰羈何遜輕薄篇白馬黄金勒梵聲一作河陽悲鏡臺梁武帝詩周流揚梵聲詳卷八壇經身是菩提樹心如明鏡臺世說温嶠姑囑嶠覓婚嶠密有自婚意少日嶠報姑云已覓得婚處壻身名宦盡不減嶠因下玉鏡臺一枚玉鏡臺是嶠為劉越石長史北征劉聰所得玉釵風不定香步獨爽回

陳宮詞

雞鳴人草草詩勞人草草香輦出宮花伎語細腰轉補後漢馬廖傳楚王好細腰宮中多餓死馬嘶金面斜見卷一早鸎隨綵仗驚雉避凝一作鳴笳淅瀝湘風外嗣立案酈道元水經注引山海經洞庭之山帝之二女居焉沅澧之

風交湘之浦出入多飄風暴雨湖中有君山湘君之所游處昔秦始皇遭風于此問其故博士曰湘君出入則多風秦皇乃赭其山**紅輪映曙霞**沈約詩紅輪映早寒嗣立案李商隱詩紅輪結綺寮朱鶴齡注云紅輪不知是何物楊用脩云想是婦女所執如㬉扇之類又唐太宗白日半西山詩云紅輪不暫駐此則謂紅日也

春日野行

騎馬蹋烟莎青春奈怨何蝶翎朝一作胡**粉盡**梁簡文帝詩花留蛺蝶粉補博物志燒鉛成胡粉**鴉背夕陽多柳豔欺芳帶**李賀詩官街柳帶不堪結**山愁縈翠蛾**見卷二**別情無處説方寸是星河**補列子方寸之地虛

矣

咏嚬

毛羽一作羽薄斂愁翠古今注梁冀改驚翠眉補登徒子好色賦眉如翠羽陸機豔歌行蛾眉象翠翰黛嬌攢豔春恨容偏淚落補世說吳道助兄弟遭母艱號踊哀絕路人為之落淚低態定思人枕上夢隨月扇邊歌繞塵劉向別錄有人歌賦楚漢興以來善雅歌者魯人虞公發聲清哀遠動梁塵補劉孝綽和詠歌人偏得日照詩屢將歌罷扇回拂影中塵玉鉤鸞不住波淺石磷磷一作白粼粼

中書令裴公輓歌詞二首補舊唐書裴度字中立河中聞喜人貞元五年

進士擢第累官門下侍郎同中書門下平章事出為蔡州刺史充彰義軍節度使吴元濟平賜勲上柱國封晉國公食邑三千户進位中書令薨時年七十五

王儉豐華首（南史王儉字仲寶官僕射嘗謂人曰江南風流宰相唯有謝安蓋自況也）蕭何社稷臣（補班固漢書贊蕭何曹參位冠羣后聲施後世為一代之宗臣陸機漢高祖功臣頌序右三十一人與定天下安社稷者也）丹陽布衣客（姓譜陶弘景為丹陽派常自稱丹陽布衣）蓮渚白頭人（世說王儉高自標位時人呼儉府為入芙容池詳卷四古樂府安得同心人白頭不相離）銘勒燕山莫（後漢書竇憲破匈奴登燕然山刻石紀功令班固作銘）碑沈漢水春（補晉書杜預好為後世名為二碑紀其勲績一沈萬山之下一立峴山之上曰焉知此後不為陵谷乎）從今

虛醉飽詩既醉以酒既飽以德無復汚車茵漢書丙吉馭吏嗜酒醉嘔丞相車上西曹吏欲斥之吉曰以醉飽之失去士使此人將何所容不過汚丞相車茵耳

箭下妖星落風前殺氣回嗣立案本傳度二十七日至郾城巡撫諸軍宣達上旨士皆賈勇出戰皆捷十月十一日唐鄧節度使李愬襲破懸瓠城擒吳元濟

國香荀令去世說荀令君至人家坐處當三日香

樓月庾公來補庾亮傳亮在武昌諸佐吏殷浩等乘秋夜共登南樓俄而亮至諸人將起避亮曰諸君少住老子于此處興復不淺

玉璽終無慮蔡邕獨斷皇帝六璽皆以玉螭虎紐嗣立案通鑑度復知政事左右忽白失中書印度飲酒自如頃復白已得之人問其故曰急之則設諸水火緩之則復還故處人服其識量

金縢竟不開嗣立案尚書疏武王有疾周公作策

書告神請代武王死事畢納書于金縢之匱遂作金縢及為流言所謗成王悟而開之本傳開成二年復以本官節度河東度固辭老疾帝遣吏部郎中盧洪宣旨曰為朕卧鎮北門可也度不獲已之任三年病甚乞還東都詔許還京拜中書令上已曲江賜宴羣臣賦詩度不能赴文宗遣中使賜御札并詩曰注令待元老識君恨不早我家柱石衰憂來學丘禱御札及門而度已薨

空嗟薦賢路　芳草滿燕臺

補寰宇記燕昭王金臺在易州易縣東南三十里

莊恪太子輓歌詞二首

舊唐書莊恪太子永文宗長子也母曰王德妃太和四年封魯王六年詔冊為皇太子開成三年上以太子宴遊敗度將議廢黜御史中丞狄兼謩雪涕以諫上意稍解十月皇太子薨于少陽院謚曰莊恪十二月葬于驪山之北原

疊鼓辭宮殿謝朓詩疊鼓送華輈李善云小擊鼓謂之疊疊詳卷二補漢書孝成帝元帝太子也初居桂宮漢武故事武帝生猗蘭殿七歲立為皇太子悲笳降杳冥嗣立案舊唐書本傳敕兵部尚書王起撰哀冊文曰玉琯歲窮金壺漏盡祖奠告徹哀笳將引影離雲外日溫子昇皇太子赦詔彩雲映日神光照殿光滅火前星劉孝威和太子詩前星涵瑞彩荊州星占少微星一名處士星儲君副主之宮鄴客瞻秦苑嗣立案謝靈運有擬魏太子鄴中集詩典略徐幹劉楨應瑒阮瑀陳琳王粲吳質並見友于太子吳質在元城與魏太子牋張敞在外自謂無奇陳咸憤積思入京城商公下漢庭史記留侯傳上欲易太子及燕置酒太子侍四人從太子須眉皓白衣冠甚偉上怪之四人各言姓名曰東園公角里先生綺里季夏黃公上乃大驚竟不易太子依依陵樹色注見上空

繞古一作九原青

東府虛容衛東府見卷七隋煬帝詩朱庭容衛肅西園寄夢思補魏文帝芙蓉池作逍遥步西園鳳縣吹曲夜列僊傳王子晉者周靈王太子好吹笙作鳳鳴詳卷一雞斷問安時禮記文王之為世子朝于王季日三雞初鳴而至于寢門外問內豎之御者曰今日安否何如內豎曰安文王乃喜及日中又至亦如之及莫又至亦如之塵陌都人恨詩彼都人士霜郊賵馬悲陶潛輓詩嚴霜九月中送我至遠郊穀梁傳歸死曰賵歸生曰賻或曰車馬曰賵貨財曰賻白虎通賻助也賵赴也所以助生送死也唯餘埋壁地補左傳楚恭王無冢適有寵子五人無適立焉乃大有事于羣望而祈曰請神擇五人主社稷乃徧以壁見于羣望曰當壁而拜者神所立也與巴姬密

埋璧于太室之庭使五人拜康王跨之靈王肘加焉于干之晳皆遠之平王弱抱而入再拜皆壓紐

烟草近丹一作前**墀**

祕書劉尚書輓歌詞二首

王筆活鸞鳳 未詳嗣立案張懷瓘書錄許圉師見太宗書曰鳳翥鸞回實古今書聖杜甫贈汝陽王詩筆飛鸞聳立章罷鳳騫騰又唐太宗王羲之傳贊烟霏露結狀若斷而還連鳳翥龍蟠勢如斜而反正今之活鸞鳳或假借以狀其筆勢耳

謝詩生芙容 補世說顔延之嘗問鮑明遠己詩與謝康樂優劣鮑曰謝五言如初發芙容自然可愛君詩若鋪錦列繡亦雕繢滿眼

學筵開絳帳 後漢書馬融坐高堂施絳紗帳前授生徒後列女樂

譚柄發洪鐘 譚柄見卷六世說龐士元謂司馬德操曰

若不扣洪鐘不知其音響也粉署見飛鵬粉署見卷六異物志有鳥小如雞體有文色土俗因形名之曰鵬不能遠飛行不出域賈誼鵩鳥賦序誼為長沙王傅有鵩鳥飛入誼舍止于坐隅鵩似鴞不祥鳥也誼自傷悼以為壽不得長迺為賦以自廣玉山猜臥龍補世說山公曰嵇叔夜之為人也巖巖若孤松之獨立其醉也傀俄如玉山之將崩嗣立案晉嵇康傳鍾會言于文帝曰嵇康臥龍也不可起公無憂天下顧以康為慮耳遺風灑清韻蕭散九原松檀弓趙文子曰是全要領以從先大夫于九京也鄭玄曰晉卿大夫之墓地在九原麈尾近良玉世說王夷甫貌容整麗妙于談玄恒捉白玉柄麈尾與手都無分別詳卷八寉裘吹素捉晉書王恭美姿儀嘗披寉氅裘涉雪而行孟昶見之歎曰此神仙中人也壞陵殷

浩謫晉書殷浩字深源陳郡長平人有盛名朝野推服與桓温頗相疑貳浩受命北征請進屯洛陽脩復園陵進軍次山桑而士卒多亡叛温上疏罷浩竟坐廢為庶人

春墅謝安棊見卷一京口

貴公子襄陽諸女兒補古今樂錄襄王樂者宋隨王誕之所作也誕為襄陽郡夜聞諸女歌謠因而作之其曲云朝發襄陽城莫至大隄宿大隄諸女兒花豔驚郎目

折花兼蹋月多

唱柳郎詞嗣立案南史柳惲字文暢少有志行好學善尺牘與陳郡謝瀹鄰居深見友愛瀹曰宅南柳郎可為表儀案惲江南曲云春花將晚又起夜來云月影入蘭室

太子西一無西字池二首嗣立案世說明帝欲起池臺元帝不許帝時為太子好養武士一夕中作池比曉已成今太子西池是也山謙之丹陽記西池孫登所創吳史所稱西苑

也晉明帝修復之耳

梨花雪壓枝補李白紫宮樂詩梨花白雪香鶯囀柳如絲懶逐妝成曉

春融夢覺遲鬢輕全作影見卷六嚬淺未成眉補徐陵答李那書嚬眉難巧學步非工莫信張公子補漢書序傳富平侯張放始愛幸成帝出為微行與同輦執轡入內禁中設飲燕之會引滿舉白談笑大噱詳卷一窗間斷暗期

花紅蘭紫莖屈原九歌秋蘭兮青青綠葉兮紫莖愁草雨新晴柳占三春

色鷽偷百鳥聲補韋應物聽鶯曲流音變作百鳥喧日長嫌輦重風暖覺

衣輕薄莫香塵起長楊落照明長楊宮注見卷五

西陵道士茶歌

乳竇濺濺通石脈補鮑昭過銅山詩乳竇夜涓滴屈原九歌石瀨兮淺淺淺濺同綠塵愁艸春

江色澗花入井水味香山月當人松影直仙翁白扇霜

鳥翎補陸機羽扇賦委曲體以受制奏雙翅而為扇拂壇夜讀一作誦黃庭經集仙詩謝自然日誦黃庭經十徧誦時有童子侍立每十徧即將向上界去黃庭經脾神常在字魂庭注脾中央即黃庭之宮曰常在又黃庭者頭中明堂洞房丹田也踈香皓齒有餘味叓覺寉心通杳冥補春秋繁露寉知夜半

過西堡塞北

淺草乾河濶叢棘廢城高白馬犀七一作紋犀首補戰國策得徐夫人匕首

黑裘金佩刀戰國策李兌送蘇子黑貂之裘漢書單于朝天子于甘泉宮賜以佩刀霜

清徹兔目埤雅兔目不瞬補羅願爾雅翼兔視月而有子其目尤瞭故牲號謂之明視風急

吹雕毛補淮南子雕其毛能食諸鳥羽如羣錯草中有雕毛必衆毛自落一經何用厄

補韋漢書韋賢傳長安語曰遺子黃金滿籯不如一經已一作日莫潸霑袍補公羊傳西狩獲麟孔子反袂拭面涕泣霑袍

温飛卿集箋註卷三

欽定四庫全書

温飛卿集箋註卷四

明　曾益原註

長洲顧予咸補輯

顧嗣立重訂

送李億一作憶東歸

黃山遠隔秦樹嗣立案西京賦繞黃山而款牛首注漢書右扶風槐里縣有黃山宮杜甫詩兩行秦樹直

紫禁斜通渭城嗣立案謝莊宣貴妃誄收華紫禁善曰王者之宮以象紫微故謂宮中為紫禁王維渭城

曲渭城朝雨浥輕塵詳見下別路青青柳弱補張正見詩別路已驚秋前谿漠漠苔生

前谿曲幽思出門倚逢郎前谿度和風澹蕩歸客落月殷勤早鶯霸上金尊未飲漢書注應劭曰霸上在長安東三十里古曰滋水秦繆公更名霸水讌歌已有餘聲

開聖寺

路分谿石夾煙叢十里蕭蕭古樹風出寺馬嘶秋色裏向陵雅亂夕陽中竹間泉落山厨靜塔下僧歸影殿空猶有南朝舊碑在敢一作恥將興廢問漁翁一作休公

贈蜀將原注蠻入成都頻著功勞

十年分散劒關秋水經注劒州劒門縣諸葛武侯相蜀于此立劒門以大劒山至此有隘束之路故日劒門萬事皆從一作隨錦水流華陽國志錦江織錦濯其中則鮮明他江則不好志一作心氣已曾明漢節漢書蘇武使匈奴持漢節十九歲節旄盡脫功臣猶尚帶一作自滯吳鉤吳越春秋吳王闔閭令國中作金鉤令曰能為善鉤者賞之百金有人殺其二子以血釁金遂成二鉤獻于闔閭補吳都賦吳鉤越棘雕邊認箭寒雲重王維詩回看射雕處千里暮雲平馬上聽笳塞草愁見卷三今日逢君倍惆悵灌嬰韓信盡封侯史記灌嬰睢陽人封潁陰侯又韓信淮陰人封淮陰侯

西江貽釣叟騫生

碧天一作晴江如鏡月如鉤補公孫乘月賦隱員巖而似鉤蔽脩堞而分鏡梁簡文帝烏棲曲浮雲似障月如鉤泛灩蒼茫送客愁一作遊夜淚潛生竹枝曲補朱鶴齡杜詩注竹枝本出于巴渝唐貞元中劉禹錫在沅湘以俚歌鄙陋乃依騷人九歌作竹枝新歌禹錫白竹枝巴渝也巴兒聯歌吹短笛擊鼓以赴節春潮一作灘遙聽一作上木蘭舟任昉述異記木蘭川在潯陽江中多木蘭吳王闔閭植此搆宮殿又七里洲中魯般刻木蘭為舟至今存事隨雲去身一作心難到夢逐煙銷

水自流昨日歡娛竟何事一作有一枝梅謝楚江頭補盛弘之荆州記陸凱與蔚宗相善自江南寄梅一枝詣長安與范并詩曰折梅逢驛使寄與隴頭人江南無別信聊贈一枝春

寄清涼一作源寺僧

石路無塵竹徑開昔年曾伴戴顒來南史戴顒字仲若譙郡人父逵兄勃並隱遯有高風父善琴書顒並傳之窗間半偈聞鐘後補涅盤經佛言我念過去作婆羅門在雪山中脩菩薩行時天帝釋即下試之自變其身作羅剎像住菩薩前口說半偈云諸行無常是生滅法菩薩即語羅剎但能具足說是偈竟我當以身奉施供養松下殘棊送客回檐一作簾

向玉峯籠一作藏夜雪砌因流一作藍水長秋苔太平寰宇記藍田山在縣西三十里一名玉山三秦記有川方三十里其水北流出玉白蓮會一作社裏如相問說與一作為說說又一作道遊人是姓雷劉程之蓮社文慧遠師命正信之士雷次宗等百十二人集于廬山之般若臺修淨土之學詳卷七

重遊東一作圭峯宗密禪師精廬一作哭盧處士傳燈錄圭峯禪師名宗密初從道員授員覺了義未終感悟後敎大行住終南山草堂寺補世說何子季與周彥倫同時二人精信佛法子季別立精廬都無妻妾

百尺青厓三尺墳玄一作微言已絕杳難聞漢藝文志仲尼沒而微言絕裴休員覺疏畧序圭峯禪師受南宗密印所著有員覺大疏畧大鈔小鈔道場脩證儀等作行世戴顒今日稱居士補南史戴顒傳自漢世始有佛像形制未工逵特善其事顒亦參焉宋世子鑄丈六銅像于瓦官寺既成面恨瘦工人不能改乃迎顒看之顒曰非面瘦乃臂胛肥耳乃減臂胛瘦患遂除禮玉藻居士錦帶法華科注以道自居曰居士支遁他年識領軍高逸高僧傳支遁字道林河內

林處人風期高亮年二十五始釋形入道王治字敬和官領軍與支遁為方外交暫對山一作杉松一作松杉如結社高僧傳遠公結香火社偶因一作同麋鹿自成羣劉峻廣絕交論獨立高山之頂歡與麋鹿同羣故山弟子空回首葱嶺還一作唯應見宋雲西河舊事葱嶺在敦煌西八千里其山高大上生葱故曰葱嶺嗣立案傳燈錄達磨葬熊耳山起塔定林寺其年魏使宋雲葱嶺回見祖手携隻履翩翩而逝雲問師何往祖曰西天去雲歸具說其事及門人啟壙棺空惟隻履存焉詔取遺履少林寺供養

題李處士幽居

水玉簪頭戴一作白角巾司馬相如賦水玉磊砢杜甫詩頻抽白玉簪補世說郭林宗嘗

行陳梁間遇雨巾一角霑折二國學士著巾莫不折其一角云作林中巾**搖琴寂歷拂青塵**補蕭子顯春別江東大道日華春垂楊挂柳拂輕塵**濃陰似帳紅薇晚**李賀詩薇帳逗煙生綠塵**細雨如煙**一作珠**碧草新**一作春**隔竹見籠疑有雀卷簾**

觀畫更一作靜**無人南窗**一作山**自有**一作是**忘機**一作年**友**補陶潛歸去來辭倚南窗以寄傲莊子漢陰丈人曰有機械者必有機事有機事者必有機心機心藏于胸中則純白不備純白不備則神意不定神意不定者道之所不載也**谷口空**一作徒**稱鄭子真**逸士傳鄭朴字子真褒中人隱于谷口

利州南渡補唐地理志利州隋義城郡武德八年改為利州

澹然空水帶一作對斜暉曲島蒼茫接翠微補爾雅山未及上曰翠微疏謂未及頂上在傍陂陀之處名翠微波上馬嘶看櫂去柳邊人歇待船歸數叢沙草羣鷗散補南越志江鷗一名海鷗在漲海中隨潮上下常以三月風至乃還洲渚頗知風雲若羣飛至岸必風渡海者以此為候萬頃江田一鷺飛詩鷺于飛誰解乘舟尋范蠡五湖煙水獨忘機吳越春秋范蠡字少伯乃楚宛三户人也史記范蠡事越王句踐滅吳乃裝其輕寶珠玉自與其私徒屬乘舟浮海以行終不反五湖詳見卷五

贈李將軍

誰言荀羡愛功勳年少登壇衆所聞晉書荀羡字令則年十五尚公主拜

駙馬都尉穆帝時除北中郎將徐州刺史監徐兗諸州軍事時年二十八中典方伯未有如羨之少者

曾以能書稱內史見卷六

又因明易號將軍漢書劉歆謂揚雄曰空自苦今學者有祿利然尚不能明易又如玄何世說劉真長與殷深源談劉理如小屈曰惡卿不欲作將善雲梯仰攻

金溝故事春常在晉書王濟買地為馬埒編錢滿之時人謂為金溝

玉軸遺圖一作文火半焚補庾信賦玉軸揚灰

不學龍驤畫山水一作色畫苑顧愷之善畫山水仕至龍驤將軍每大醉始命筆人稱奇絕

醉鄉無迹似閑雲

寒食日作補徐堅初學記荊楚歲時記去冬節一百五日即有疾風甚雨謂之寒食據歷合在清明前二日亦有去冬至一百六日

紅深綠暗徑相交抱暖含芳一作春被紫袍唐長孫無忌議下加闌緋紫綠視其品

綵索平時牆婉娩古今藝術圖北方山戎寒食用秋千為戲以習輕蹻者內則婉娩聽從輕毬落處晚一作花寥梢補武平一詩令節重遨遊分鑣戲綵毬按朱鶴齡李義山集注打毬即蹴鞠本寒食事窗中草色妒雞卵補初學記引玉燭寶典此節城市尤多鬬雞卵之戲左傳有季郈鬬雞其來遠矣古之豪家食稱畫卵今代猶染藍茜雜色仍加雕鏤遞相餉遺或置盤俎管子曰雕卵然之所以發積藏散萬物張衡南都賦春卵夏筍秋韭冬菁盤上芹沂

憎燕巢自有玉樓芳一作春意在不能騎馬度煙郊

李羽處士寄新醞走筆戲酬

高談有伴還成藪李白春夜宴桃李園序高談轉清補世說晉裴頠善談論時謂言談之林藪

沈醉無期即是鄉韓詩外傳飲者齊顏色均衆寡謂之沈顏延之五言詠沈醉似埋照嗣立案新唐書王績傳績作醉鄉記以次劉伶酒德頌舊唐書績字无功隋大業中授六合縣丞棄官還鄉嘗躬耕于東皋號東皋子或經過酒肆動輒經日往往題壁作詩多為好事者諷詠

已恨流鶯期一作欺

謝客補謝靈運詩園柳變鳴禽李善曰鳴禽鸎也鍾嶸詩品初錢塘杜明師夜夢東南有人來入其館是夕即靈運生于會稽旬日而謝玄亡其家以子孫難得送靈運于杜治養之十五方還都故名客兒

更將浮蟻與劉郎補劉熙釋名酒有泛齊浮蟻在上泛泛然也庾信詩浮蟻對春開嗣立案世說王戎弱冠詣阮籍時劉公榮在座阮謂王曰僕有二斗美酒當與君共飲彼公榮者無預焉二人交觴酬

酢公榮遂不得一栖而言語談戲三人無異或問之阮答曰勝公榮者不得不與飲酒不如公榮者不可不與飲酒唯公榮可不與飲酒檐前柳色分張綠窗外花枝借助香所恨玳筵紅燭夜見卷六草玄寥落近回塘揚雄傳時雄方草太玄有以自守泊如也

郊居秋日有懷一二知已

稻田凫雁滿晴沙杜甫詩鵁鶄鸂鶒滿晴沙釣渚歸來一徑斜補庾信賦方塘水白釣渚池員門帯果林招邑吏井分蔬圃屬鄰家皐原寂歷垂禾穗桑竹參差映豆花顔延之詩歸來蓺桑竹補五侯鯖八月豆花雨自笈謾懷經濟策不將心事許煙霞

偶題林亭一作題友人池亭

月榭風亭繞曲池宋玉招魂坐堂伏檻臨曲池些補沈約郊居賦風臺累翼月榭重栭粉一作棘垣回牙瓦參差互古互字與牙同補顏延之序延帷接枑銑曰延帷謂列帷使相接而回枑也枑五臣本作柸字音牙侵簾片白一作白片搖翻影落鏡愁紅一作紅愁寫倒枝鸂鶒刷毛花蕩漾見卷六鷺鷥拳足雪離披李白詩白鷺拳一足山翁醉後如相憶補晉書山簡字季倫鎮襄陽時天下分崩簡優游卒歲惟酒是耽習氏有佳園池簡每之池上置酒輒醉名之曰高陽池兒童歌曰山公出何許往至高陽池日夕倒載歸酩酊無所知時時能騎馬倒著白接䍦舉鞭向葛彊何如并州兒羽扇清尊我自知

南湖 地理志南湖一名鑑湖在會稽漢太守馬臻開鑿

湖上微風入檻涼翻翻菱荇一作荷芰滿回塘野船著岸偎春草水鳥帶波飛夕陽蘆葉有聲疑霧雨浪花無際似瀟湘何遜詩風逆浪花生瀟湘詳卷五飄然蓬頂一作篷艇東歸一作游客盡日相看憶楚鄉

贈袁司録 原注即丞相淮陽公之猶子與庭筠有舊也

一朝辭滿有心期謝靈運詩辭滿豈常秩花發楊園雪覆一作壓枝王僧達詩楊園流好音劉尹故人諳往事世説劉惔字真長沛國相人也歴丹陽尹及卒

故人孫綽為之誄曰知真長者無若我彼往居官而無官官之事處事而無事事之心

謝郎諸弟得新知 補謝靈運酬從弟惠連詩末路值令弟開顏披心胷

金釵醉就胡姬畫 一作盡 古樂府頭上金爵釵辛延年詩胡姬年十五春日獨當壚

玉管閑留洛客吹 庾信賦玉管初調列仙傳王子晉善吹笙伊洛間有道士浮丘伯攜之上嵩山

記得襄陽耆舊語 杜甫詩襄陽耆舊間

不堪風景 一作雨 **峴山碑** 補晉書羊祜樂山水每風景必造峴山置酒言詠當慨然流涕顧謂從事中郎鄒湛等曰有宇宙便有此山由來賢達勝士登此望遠如我與卿者多矣皆湮滅無聞使人悲傷祜卒襄陽百姓於峴山祜生平游憩之所建碑立廟望其碑者莫不流涕

題西明寺僧院

曾識匡山遠法師匡山見卷五補高僧傳慧遠本姓賈氏雁門樓煩人因秦亂來遊于晉居廬阜三十餘年化兼道俗低松片石對前墀為尋名畫來過寺一作院因訪閑人得看棊列仙傳王質入山看仙人對棊局竟斧柯已爛新雁參差雲碧處寒雅遼亂一作繞葉紅時自知終有張華識晉書張華字茂先范陽人累遷司空性好人物誘進不倦至于窮賤候門之士有一介之善者便咨嗟稱詠為之延譽不向滄洲理釣絲補杜甫詩滿壁畫滄洲

偶題

微風和暖日鮮明草色迷人向渭城漢書注渭城故咸陽高帝元年更名

新城武帝元鼎三年更名渭城括地志渭城在雍州東五十里吳客卷簾閑不語楚娥

攀樹獨含情紅垂果蔕櫻桃重漢書叔孫通曰禮春有嘗果方今櫻桃熟可獻宗廟黃染花叢蝶粉輕梁元帝詩戲蝶時飄粉自恨青樓無近信不

將心事許卿卿世說王安豐婦常卿安豐安豐曰婦人卿婿于禮不敬婦曰憐卿愛卿所以卿卿我不卿卿誰當卿卿

寄湘陰閣少府乞釣輪子補舊唐書湘陰縣漢羅縣屬長沙國縣界汨水注入湘江昌江

釣輪形與月輪同薛道衡詩復屬月輪員獨繭和煙影似空列子詹何

以獨繭為綸若向三湘逢雁信補寰宇記湘潭湘鄉湘源是為三湘古今詩話北方白雁秋深乃來來則霜降謂之霜信莫辭千里寄漁翁蓬聲夜滴松江雨一作漏吳郡志松江在郡南四十五里禹貢三江之一菱葉秋傳鏡水風詳卷七終日垂鉤還有意補尚書中候王至磻谿之水呂望釣于厓王下拜尚答曰得玉璜刻曰姬受命呂佐檢德來昌來提撰爾雒鈐報在齊及佐周克殷封于齊尺書多在錦鱗中古詩呼兒烹鯉魚中有尺素書

哭王元裕

聞說蕭郎逐逝川補白居易詩殷勤萬里意并寫贈蕭郎注詳下伯牙因一作自此絕清弦韓詩外傳伯牙鼓琴志在泰山子期曰巍巍乎若泰山志在流水子期曰洋洋乎若流水

子期死伯牙絶絃終身不復鼓琴

柳邊猶憶紅一作青驄影墳上俄生碧

草煙篋裏詩書疑謝後新序孫叔敖曰筐篋之蠹簡書補世説會稽太守孟顗事佛精懇謝嘗語曰得道應須慧業文人卿生天當在靈運前成佛當在靈運後夢中風貌似潘前補南史宋孝武帝選侍中兼以風貌晉書夏侯湛傳湛與潘岳友善每行同輿接茵京都謂之連璧他時

若到相尋處碧樹紅樓自宛然補江淹雜詩碧樹先秋落江總詩紅樓千愁色

晉朝柏樹一作法雲雙檜維揚志謝安鎮廣陵於宅中手植雙檜至唐改為法雲寺其樹猶存在大東門外

晉朝名輩此離羣檀弓吾離羣而索居亦已久矣想對穠陰去住分題

處尚尋王内史見卷六畫時應是顧將軍注詳上長廊夜靜

聲疑雨張衡賦長廊廣座古殿秋深影勝雲一下南臺到人世

曉泉清籟更難聞

送陳嘏之侯官兼簡李常侍唐書臨海郡有侯官縣武德六年置

縱得步兵無緑蟻阮籍傳籍聞步兵廚營人善釀有貯酒三百斛乃求為步兵校尉補謝朓詩緑蟻方獨持不緣句漏有丹砂補晉書葛洪以年老欲煉丹以祈遐壽聞交阯出丹求為句漏令帝以洪資高不許洪曰非欲為榮以有丹耳帝從之交阯國志句漏山名在南交阯殷勤為報一作問同袍友詩與子同袍我亦無心似海查補王子年拾遺記堯登位三十年有巨查浮于西海查上有光夜明晝滅乍大乍小若星月常浮繞四海十二年一周天名曰貫月查又

名挂星查羽人棲息其上春服照塵連一作迷草色補古詩青袍似春草長條隨風舒

夜船聞雨滴蘆花山梅一作梅仙自是青雲客史記非附青雲之士惡能施于後世哉莫羨相如卻到家補司馬相如傳相如馳傳至蜀太守以下郊迎縣令負弩矢先驅蜀人以為寵

春日野行

日西塘水一作雨漲西塘金隄斜司馬相如賦媻姍勃窣而上乎金隄師古云言隄塘堅固如金也碧鼓吹作百草芊芊暗才調集作晴鼓吹作青吐芽野岸明媚一作滅山芍藥埤雅韓詩曰芍藥離草也草木狀一名山芍藥水田叫譟官蝦蟆補晉書惠帝在華林園聞蝦蟆鳴問曰為官乎為私乎或對曰在官地為官在私地為私晉中州記令曰若官蝦蟇

可給廪鏡一作湖中有浪動菱蔓一作芰武陵記兩角曰菱三角四角曰芰陌上

無風飄柳花李白詩風吹柳花滿店香何事輕橈一作扁舟向才調集作句谿

客綠萍方一作雖好不歸家

谿上行

綠塘漾漾煙濛濛張翰此來情不窮補張翰傳翰字季鷹辟齊王東行掾在洛見秋風起因思吳中菰菜羹鱸魚膾曰人生貴得適意耳安能羈宦數千里以要名爵遂命駕便歸俄而齊王敗時人皆謂為見幾雪羽襹褷立倒影劉禹錫詠鷺詩毛衣新成雪不敢補木華海賦鳧雛襹褷注襹褷毛羽始生之貌孫綽遊天台山賦或倒景于重溟金鱗擲一作拔刺跳晴

空補謝靈運賦魚水深而拔刺韻會魚跳躑刺躑北末切刺郎達切風翻荷葉一向白

雨濕蓼花千穗紅爾雅翼蓼有紫赤青等種名大者名龍有花白居易詩水蓼冷花紅簇簇

心羨夕陽波上客片時歸夢一作去釣船中

投一作上翰林蕭舍人補舊唐書蕭遘蘭陵人咸通五年登進士第乾符初召充翰林學士正拜中書舍人

人間鴛鷺杳難從獨一作猶恨金扉直幾一作九重李白詩引領望金扉萬象曉一作晚歸仁壽鏡陸機與弟雲書仁壽殿前有大方銅鏡高五尺餘廣三尺二寸立著庭中向之便寫人形體了了亦怪也梁簡文帝詩仁壽含萬類百花春隔景陽鐘

見卷一

紫微芒動詞初出補三秦記未央宮名紫微宮然未央為總稱紫宮其中別名會要唐開元初改中書令為紫微令中書舍人為紫微舍人白居易詩紫微花對紫微翁紅燭香殘誥未封補翰林志故事中書舍人專掌詔誥每過朱門愛庭樹一枝何日許相容李義府詠烏詩上林多少樹不借一枝棲

春日偶作

西園一曲豔陽歌補繁欽與魏文帝牋都尉薛方車子年始十四能囀喉引聲與笳同音又胡欲傚其所不知尚之以一曲巧竭意匱既以不能神農本草春夏為陽嗣立案徐注鮑照詩當避豔陽年擾擾車塵負薛蘿嗣立案郝天挺注謝靈運詩想見山阿人薛蘿若在眼自欲放

懷猶未得王羲之序放懷天地之間案郝天挺注杜甫詩放懷殊不愜良覿渺無因不知經
世竟何如李康運命論言足以經世而不見信于時夜聞猛雨判花盡補杜甫詩
縱飲久判人共棄注判普官切方言楚人凡揮棄物謂之拌俗作拚寒戀重衾一作裘覺夢
多鈎渚別來應更好春風還為起微波

春莫宴罷寄宋壽先輩補程大昌演緐露唐世呼舉人已第者為先輩

斜掩朱門花外鐘曉鶯時節好相逢窗間桃蘂一作萼宿
妝在雨後牡丹春睡濃蘇小風姿迷下蔡登徒子賦惑陽城迷下蔡
注陽城下蔡二縣名楚之貴介公子所封馬卿才調一作詞賦似臨邛司馬相如傳相如之

臨邛買一酒舍酤酒令文君當壚身自滌器于市中徐注下蔡之迷何關蘇小臨邛之客即是馬卿想乂手韻成不無少疏脫耶嗣立案蘇小句本阮籍詠懷詩傾城迷下蔡來

誰憐芳草連才調集作生**三徑**高士傳蔣詡所居三徑皆生蓬蒿詳見下**參佐橋西陸士龍**世說蔡司徒在洛見陸機兄弟住參佐廨中三間瓦屋士龍住東頭士衡住西頭

馬嵬驛補鄭樵通志馬嵬坡在西安府興平縣西二十五里舊唐書貴妃從幸至馬嵬大將陳玄禮密啟誅國忠父子既而四軍不散玄宗不獲已與妃詔縊死于佛堂瘞于驛西道側

穆滿曾爲物外遊補王融三月三日曲水詩序穆滿八駿如舞瑤池之陰**六龍經此暫淹留**見卷二**返魂無驗青煙滅**十洲記聚窟洲有大樹與楓木相似花發

香聞數百里名返魂樹死者在地聞香即活埋血空成一作生碧草愁莊子萇弘死藏其血三年化為碧

香輦卻歸長樂殿補漢武故事建章長樂宮皆輦道相屬縣棟飛閣不由徑路曉鐘還下景陽樓見卷一甘泉不得一作復重相見補漢外戚傳李夫人少而早卒帝憐閔馬圖畫其形于甘泉宮又夫人卒上思念不已方士齊人少翁言能致其神乃夜張燈燭設帷帳而令上居他帳遥望見好女如李夫人之貌誰道文成是故侯史記元狩四年齊人少翁以鬼神方見上拜文成將軍歲餘其方益衰神不至于是誅文成將軍隱之

和友人豁居鼓吹作道豁君別業

積潤初銷碧草新鳳陽晴日帶雕輪詩鳳皇鳴矣于彼朝陽補楞嚴經明

還日輪暗還黑月絲一作風飄弱柳平橋晚江淹詩橋平疑水落雪點寒梅小院春屏上樓臺陳後主嗣立案郝天挺注陳書後主陳姓字叔寶至德二載于光照殿起臨春結綺望仙三閣檻闌以沈香為之飾以金玉每微風起香聞數里之外鏡中金翠李夫人漢書孝武李夫人本以倡進妙麗善舞由是得幸曹植洛神賦戴金翠之首飾花房露透一作透露紅珠落蛺蝶雙雙一作飛護粉塵

奉天西佛寺唐書京兆府有奉天縣屬關內道文明元年以管乾陵分醴泉置天授二年隸稷州大足元年還雍州

憶昔狂童犯順年玉虯閑暇出甘泉楚辭駟玉虯以乘翳兮補闕輔記甘

泉宮在今他陽縣西甘泉山宗臣欲舞千金一作鈎劍漢書蕭何曹參為一代之宗臣呂覽伍員解其劔以予丈人曰此千金之劍也追騎猶觀七寶鞭補晉書明帝見逆旅嫗以七寶鞭與之曰後騎來可以此示也詳卷一星背紫垣終埽地晉陸雲詩在晉奸臣稱亂紫微宋張鏡觀象賦觀紫宮之環周日歸黃道卻當天漢天文志日有中道月有九行中道者黃道一曰光道至今南頓諸耆舊後漢書光武生于南頓地里志南頓古頓子國在汝南應劭曰頓迫于陳其後南徙故名猶指榛蕪作弄田漢帝昭帝耕于鈎盾弄田應劭曰鈎盾宦者近署故往試耕為戲弄也臣瓚曰西京故事弄田在未央宮中師古曰弄田謂燕游之田天子所戲弄耳

題望苑驛

原注東有馬嵬驛西有端正樹　關中記望苑驛即博望苑舊址在西安漢武

帝庚太子築通靈臺即此

弱柳千條杏一枝半含春雨半垂一作含絲景陽寒井人難到建業志景陽井在吳城即辱井長樂晨鐘曉一作鳥自知漢高帝紀長樂宮成諸侯羣臣稱賀補三輔黃圖鐘室在長樂宮花影幾年一作至今通博望漢書戾太子既就宮為立博望苑使通賓客樹名何世一何從此號相思歡聞變歌南有相思木合影復同心補干寶搜神記韓憑妻冢上梓號相思樹詳卷三至今一作分明十二樓前月不向西陵照戚疑作盛姬補穆天子傳天子遊于河濟盛君獻女王為盛姬築臺砌之以玉天子西征至玄池之上乃奏樂三日終是日樂池盛姬亡天子殯姬于轂丘之廟葬于樂池之南白居易李夫人

詩君不見穆王三日哭重璧臺前傷盛姬西陵末詳

寄分司元庶子兼呈元處士

閑門高卧莫長嗟後漢書袁安值大雪閉門高卧水木凝暉屬謝家謝靈運詩山水含清暉緱嶺參差殘曉雪列仙傳王子喬好吹笙遊伊洛間遇浮丘公上嵩山後見桓良曰告我家七月七日待我緱氏山頭至時果乘白鶴舉手謝時人而去洛波清淺露晴沙劉公春盡蕪菁色胡冲吳歷蜀先主劉備在許下閑門種蕪菁因謂張飛關羽曰吾豈種菜者乎補吕覽菜之美者具區之菁華廄愁深苜蓿花顏延之賦文駟列于華廄漢書大宛馬嗜苜蓿上遣使者持千金請宛馬来苜蓿歸種之離宫西京雜記樂遊苑自生玫瑰樹下多苜蓿

苜蓿一名懷風時人或謂之光風風在其間常蕭蕭然日照其花有光彩故名苜蓿為懷風茂陵人謂之連枝草庾信賦人戴蒲萄馬銜苜蓿月樹知君還悵望碧霄煙潤雁行斜

題鼓吹作楊柳

楊柳千條拂面絲南史劉悛之獻蜀柳數株枝條甚長狀如絲縷綠煙金穗不勝吹香隨靜婉歌塵起南史張靜婉善歌舞詳卷一影伴嬌饒一作嬈舞袖垂詞立桒郝天挺注宋子侯有董嬌嬈詩杜甫詩佳人屢出董嬌嬈羌管一作笛一聲何處曲鼓吹作笛王僧虔技錄折楊柳古曲名流鶯百囀最高枝桒郝注賈至詩千條弱柳垂青瑣百囀流鶯滿建章千門九陌一作曲花如雪補曹植詩東西經七

陌南北越九阡飛過宮牆兩自鼓吹作不知

和友人悼亡一作喪歌妓

玉貌潘郎淚滿衣嗣立案徐注王樞詩玉貌暎朝霞晉潘岳有悼亡詩畫羅輕鬢雨霏微見卷六紅蘭委露愁難盡江淹別賦見紅蘭之受露白馬朝天望不歸天寶遺事虢國不施紅粉自衒美豔常素面朝天寶鏡塵昏鸞影在范泰鸞鳥詩序昔罽賓王結置峻卯之山獲一鸞鳥王甚愛之三年不鳴其夫人曰嘗聞鳥見其類而後鳴何不懸鏡以映之王從其言鸞覩影悲鳴沖霄一奮而絕鈿箏弦斷雁行稀本集贈彈箏人詩鈿蟬金雁皆零落春風幾許才調集作來多少傷情才調集作心事碧草侵階

粉蝶飛

李羽處士故里一本上有宿杜城匹友五字里一作墅鼓吹作傷李羽士

柳不成絲草帶煙海槎東去鶴歸天注見上愁腸斷處春何限病眼開時月正員花若有情還鼓吹作應悵望水應無事莫潺湲屈原九歌觀流水兮潺湲終知此恨銷難盡才調集鼓吹並作得一本作難消遣辜負南華第一篇鼓吹作二篇嗣立案郝天挺注莊子號南華真人篇二篇即齊物論

卻經一作歸商山寄昔同行友人商山注見卷五

曾讀逍遙第一篇嗣立案徐注莊子逍遙遊第一爾來無處一作何事不恬

然便同南郭能忘象莊子南郭子綦隱几而坐仰天而噓嗒焉似喪其偶兼笑東

林學坐禪高僧傳晉沙門惠永居在西林與慧遠同門遊好遂邀同止刺史桓伊以學徒日衆更為遠建東林寺

人事轉新花爛熳司馬相如上林賦麗靡爛熳于前庾信詩殘花爛熳舒

客一作驛程依舊水潺湲注見上若教猶作當時意應有垂絲

在鬢邊

池塘七夕鼓吹作初秋

月出西南露氣秋見卷二綺寮河漢在鼓吹作斜樓嗣立案郝天挺

注魏都賦皎日籠光于綺寮注寮窗也唐七夕宮中以錦綵結作高樓可容數十人陳瓜果酒炙以祀牛女二

星妃嬪爭鍼乞巧動清商之樂宴樂達旦時人皆效之楊家繡作鴛鴦幔嗣立案徐注隋書蘇威傳威見宮中以銀為幔鉤陳後主烏棲曲牀中被織兩鴛鴦張氏金為翡翠鉤案徐注搜神記京兆有張氏獨處一室有鳩自外入止于牀張氏祝曰鳩為禍也飛上承塵為福也即入我懷以手探之得一金鉤自後子孫漸盛貲財萬倍梁簡文帝詩珠繩翡翠帷香才調集作銀燭有光妨宿燕畫鼓吹作曉屏無睡待牽牛梁簡文帝詩宵牀悲畫屏牽牛注詳見下萬家砧杵三篙水韋應物詩數家砧杵秋山下一夕橫塘似才調集作是舊游見卷二

偶遊

曲巷斜臨一水間古詩盈盈一水間小門終日不開關紅珠斗

帳櫻桃熟補劉熙釋名小帳曰斗帳似形如覆斗古樂府紅羅複斗帳四角垂珠璫埤雅櫻桃顆小者如珠南人呼為櫻珠金尾屏風孔雀閒補海南志孔雀尾作金色五年而後成長六七尺展開如屏雲髻幾迷芳草蝶司馬相如賦雲髻峨峨額黃無限夕陽山見卷一與君便是鴛鴦侶禽經雄曰鴛雌曰鴦古今注鴛鴦匹鳥也不休一作向人間覓往還

寄河南一作北杜少府一作尹唐書河南府河南郡本洛州開元元年為府

十載歸來鬢未彫玳簪珠履見常僚補史記趙使欲夸楚為瑇瑁簪刀劍室以珠玉飾之請命春申君客春申君客三千餘人其上客皆躡珠履以見趙使趙使大慙豈闌名

利分榮路補元稹詩榮路昔同趨自有才華作慶霄補謝瞻張子房詩慶霄薄汾陽善曰慶霄即慶雲也鳥影不飛一作參差經上苑上林苑見卷一騎聲相一作斷續過中一作平橋中渭橋見卷五夕陽亭下一作畔山如畫補晉賈充傳任愷請充鎮關中充既出外自以為失職將之鎮百僚餞于夕陽亭應念田歌正寂寥

贈知音一作曉別

翠羽花冠碧樹雞本集碧樹一聲天下曉未明先向一作上短牆啼
窗間一作前謝女青蛾斂世說謝道蘊王凝之妻幼聰敏補李賀詩檀郎謝女眠何處
門外蕭郎白馬嘶補梁武帝紀初為衛軍王儉東閣祭酒儉謂盧江何憲曰此蕭郎三十內

當為侍中出此則貴不可言舊唐書蕭瑀傳高祖每臨軒聽政必賜升御榻瑀既獨孤氏之壻與語呼之為蕭郎

殘曙微星當戶內才調集作星漢漸回庭作影回又作移澹煙斜月照樓低才調集作露珠猶綴野花迷上才調集作景陽宮裏鐘初動不語垂鞭過一作上柳隄杜甫詩垂鞭信馬啼

過陳琳墓文章志陳琳字孔璋廣陵人避亂冀州袁紹辟之使典案事紹死魏太祖辟為軍謀祭酒典記室病卒南畿志墓在淮安邳州

曾於青史見遺文江淹書並圖青史嗣立案天挺注三國志有陳琳傳今日飄蓬鼓吹作零過此鼓吹作古墳詞客有靈應識我霸才無主始憐君

案郝注三國志陳琳避難冀州袁紹以琳典文章令作檄以告劉備言曹公失德後紹敗琳歸曹公公曰卿為紹作書但可罪孤而已何乃上及祖父耶琳謝罪曰矢在弦上不得不發曹公愛其才不責

石麟埋沒藏春鼓吹作秋草詳卷三銅雀荒涼對莫雲鄴中記曹操築臺高二丈五尺置銅雀于樓顛名銅雀臺魏志建安十五年冬作銅雀臺魏武遺令曰吾伎人皆著銅雀臺于堂上施六尺牀總帳朝餔上脯糒之屬月朝十五日輒向帳作伎汝等時時登銅雀臺望吾西陵墓田

莫怪臨風倍惆悵欲將書劒學從軍補謝靈運擬鄴中詠云陳琳袁本初書記之士案郝注王粲從軍詩從軍有苦樂但問所從誰

題懷貞一作崔池公亭舊遊

皎鏡方一作芳塘菡萏秋沈約詩皎鏡無冬春補劉楨詩方塘含清源此來重見采蓮舟補吴筠采蓮詩錦帶雜花鈿羅衣垂緑川問子今何去出采江南蓮陳後主三婦豔中婦蕩蓮舟誰能不遂一作逐當年樂還恐添為一作成異日愁紅豔花一作影多風嫋嫋補屈原九歌嫋嫋兮秋風碧空雲斷水悠悠檐前依舊青山色盡日無人獨上樓

回中作括地志回中在雍州西四十里漢武帝元封間因至雍通回中

蒼莽寒空遠色愁嗚嗚戍角上高樓楊惲報孫會中書仰天拊缶而呼嗚嗚吴姬怨思吹雙管注見上燕客悲歌動一作上又一作别五侯

補荀悅漢紀河平二年六月封舅禁為平陽侯莽為成都侯立為平陽侯根為曲陽侯逢時為高平侯同日受封故世稱五侯王氏

千里關山邊草莫一星烽火朔雲秋說文烽侯表也邊有警則舉火夜來霜重西風起隴水無聲噎一作凍不流杜佑通典天水郡有大阪名曰隴坻亦曰隴山即漢隴關也三秦記其地九回上者七日乃越上有清水四注下所謂隴頭水也

西江上送漁父

卻逐嚴光向若邪嚴光注見下越志若邪谿在會稽釣輪菱一作芰櫂寄年華三秋梅雨愁楓葉嗣立案荆楚歲時記江南梅熟時有細雨謂之梅雨一夜蓬舟宿葦花注見下不見水雲應有夢偶隨煙一作鷗鳥便

成家白蘋風起樓船莫補宋玉賦夫風起于青蘋之末柳惲詩汀州采白蘋江淹詩東風轉緑蘋杜甫詩青蛾皓齒在樓船江燕雙雙正雨一作五兩斜補杜甫詩細雨魚兒出微風燕子斜

經故祕書崔監揚州南塘舊居唐書廣陵郡本江都郡武德九年更置揚州

昔年曾識謝宣城一作范安成補李白詩有秋登宣城謝朓北樓詩齊賢曰謝朓字玄暉案南史本傳未嘗守宣城而文選載朓郡內高齋閑坐答呂法曹夏在郡臥病呈沈尚書之宣城出新林浦向板橋與敬亭山皆宣城之作齊梁相繼昭明必無差誤古文史傳固有闕文也況至唐猶有謝朓樓則朓守宣城無可疑者松竹風姿鶴性情唯向舊山留月色一作西掖曙河橫漏響

偶逢秋澗似琴聲一作北山秋月照江聲乘舟覓吏經輿縣地里志輿縣屬臨海郡為酒求官得步兵注見上玉柄寂寥談客散一作千頃水流通故墅卻尋池閣淚縱橫一作至公留得謝公名

七夕

鵲歸燕去兩悠悠庾肩吾詩倩語雕陵鵲塡河未可飛禽經燕以秋分去謝朓七夕賦升夜月之悠悠青瑣西南月似鉤天上歲時星又疑作右轉隋煬帝觀星詩更移斗杓轉詳卷一人間離別一作恨水東流金風入樹千門夜銀漢橫空萬象秋蘇小回一作橫塘通桂檝李賀七夕詩錢唐蘇小小更值

一年秋

未應清淺隔牽牛　古詩河漢清且淺吳筠續齊諧記桂陽城武丁有仙道謂其弟曰七月七日織女當渡河暫詣牽牛爾雅河鼓謂之牽牛

題韋籌博士草堂　鼓吹作薛逢詩題作韋壽博書齋

玄晏先生已白頭　皇甫謐傳謐字士安自號玄晏先生耽翫典籍忘寢與食時人謂之書淫

不隨鴛鷺狎羣鷗　江淹雜體詩物我俱忘懷可以狎鷗鳥詳卷三

元卿謝免開三徑　三輔決錄蔣詡字元卿隱于杜陵舍中三徑惟羊仲求仲從之遊

平仲朝歸卧一裘　檀弓晏子一狐裘三十年

醉後獨知殷甲子　禮疏紂以甲子日死

病來猶作晉春秋　補晉書習鑿齒傳桓溫覬覦非望鑿齒著漢晉春秋以裁正之始于漢光武終于晉愍帝於三

國時蜀以宗室為正魏雖受漢禪晉猶為篡逆至文帝平蜀乃為漢亾而晉始興焉凡五十四卷後有脚疾廢于里巷

滄浪一作塵纓未濯塵纓在一作今如此屈原漁父歌曰滄浪之水清兮可以濯我纓野水無情處處流

和友人題壁

冲尚猶來出範圍易範圍天地之化而不過肯將經濟一作輕世又一作經世作風徽三台位缺嚴陵卧補晉天文志斗魁下六星兩兩而居起文昌列抵太微西近文昌二星曰上台次二星曰中台東二星曰下台後漢書嚴光與光武同遊學及即位三聘乃至因共偃卧光以足加帝腹明日太史奏客星犯御座甚急帝笑曰朕故人嚴子陵共卧耳百戰功高范

蠡歸孫武子百戰百勝范蠡注見上賸一作自欲一名添疑作鳴驚鶴寢史記齊威王曰不鳴則已鳴則驚人補埤雅鶴之上相隆鼻短口則少眠不應孤憤學牛衣補漢書王章傳章學長安疾病無被臥牛衣中與妻對泣後為京兆上封事妻曰人當知足獨不念牛衣中涕泣時耶程大昌演緐露王章臥牛衣中注龍具也案食貨志董仲舒曰貧民常衣牛馬之衣而食犬彘之食然則牛衣者編草使暖以被牛體蓋蓑衣之類也西州未有觀棊暇詳卷五磵戶何由得掩扉見卷七

春日將欲東歸寄新及第苗紳先輩一作下第寄司馬札

幾年辛苦與君同得喪悲歡盡是空易知得而不知喪潘岳詩悲歡從中

起

猶喜故人先折桂[杜甫詩折桂早年知]自憐羈客尚飄蓬[曹植詩轉蓬離本根飄搖隨長風]

三春月照千山路[才調集作道]十日花開一夜風[補唐武后詩百花連夜發莫待曉風吹]

知有杏園無計[才調集作路]入[補秦中記唐人舉進士會杏園謂之探花宴]馬前惆悵滿枝紅

經李徵君故居[鼓吹作王建詩]

露濃煙重草萋萋樹映闌干柳拂隄一院落花無客醉

五更殘月有鶯啼芳筵想像情難盡故榭荒涼路已迷

風景宛然人自改[才調集作惆悵羸驂往來慣才調說文驂三馬也一云外騑曰驂卻集作]

每經門巷馬頻嘶才調集作亦長嘶

送崔郎中赴幕

一別黔南一作巫似斷弦補王僧孺詩斷弦猶可續心去最難留故交東去更潛一作淒然心遊目斷一作送三千里雨散雲飛一作収二十年發迹豈勞天上桂晉書郤詵對武帝曰臣舉賢良對策為天下第一猶桂林之一枝崑山之片玉屬詞還得幕中蓮補南史王儉用庾杲之為衛將軍蕭緬與儉書曰盛府元僚實難其選庾景行泛綠水依芙蓉何其麗也時以儉府為蓮花池故緬書美之相思莫道一作休話長安遠補晉書明帝紀帝幼聰哲為元帝所寵異年數歲嘗坐置厀前屬長安使來因問帝曰汝

謂日與長安孰遠對曰長安近不聞人從日邊來居然可知也元帝異之明日宴羣僚又問之對曰日近元帝失色曰何乃異間者之言乎對曰舉目則見日不見長安由是益奇之江月隨人處處員

懷真珠亭

一作經舊遊

珠箔金才調集作銀鉤對彩橋補三秦記明光殿皆金玉珠璣為簾箔晝夜光明李白詩雙橋落彩虹昔年於才調集作曾此見嬌饒香燈悵望飛瓊鬢見卷一涼月殷勤碧玉簫補古樂府碧玉破爪時庾信詩定知劉碧玉偷嫁汝陽王屏倚故窗山六扇古詩山屏六曲郎歸夜舊唐書憲宗紀御製前代君臣事迹十四篇書于六扇屏風柳垂寒砌露千條壞牆經雨蒼苔徧拾得當時舊翠翹

宋玉招魂砥室翠翹絓曲瓊些注翠鳥名翹羽也炙轂子高髻名鳳髻上有翡翠翹

老君廟補封演見聞記唐高祖武德三年晉州人吉善行于羊角山見白衣老父呼謂曰為吾語唐天子吾是老君即汝祖也高祖即遣使立廟唐書天寶元年田同秀上言玄元皇帝降于丹鳳門告錫靈符在尹喜故宅上遣使就函谷關尹喜臺西發得之乃置廟于天寧坊

紫氣氤氳捧半巖補關尹內傳關令尹喜嘗登樓望見東極有紫氣西邁曰應有聖人經過京邑乃齋戒其日果見老君乘青牛車來過蓮峯仙掌共巉巉名山記西岳華山一名蓮華峯有仙掌崖廟前晚色一作古木連寒水天外斜陽帶遠帆百二關山扶玉座漢書秦形勝之國也帶河阻山縣隔千里持戟百萬秦得百二焉五千文

字閼瑶緘史記老子西遊至關關令尹喜曰子將隱矣强為我著書老子乃著上下篇言道德之意五千言而去自憐金骨無人識見卷一知有飛龜在石函拾遺記老子居景雲之山有浮觀國獻善書二人寫以玉牒貯以玉函補庾信銘飛龜之散遺疾無徵神仙傳華子斯淮南人師角里先生授山隱靈寶方一曰伊洛飛龜秩二曰白禹正機三曰平衡桊合服之日以還少得得仙去經一作過五丈原補蜀志建興十二年春諸葛亮悉大衆由斜谷出據武功五丈原與司馬宣王對于渭南八月亮卒于軍三秦記在郿縣南三十里

鐵馬雲雕一作騅共一作久絶塵莊子超逸絶塵柳陰高壓漢宮一作營春補漢書周亞夫軍細柳文帝勞軍至其營曰嗟乎此眞將軍矣天清一作晴殺氣屯

關右地里志雍州在函谷關西一名關右夜半妖星照渭濱嗣立案蜀志諸葛亮傳亮據武功五丈原患糧不繼分兵屯田為久住之基耕者雜于渭濱居民之間而百姓安堵軍無私焉晉陽秋有星赤而芒角自東北西南流投于亮營三投再還往大還小俄而亮卒下國臥龍空寤一作誤主補蜀志徐庶謂先主曰諸葛孔明臥龍也中原得一作逐鹿不由一作因人補史記蒯通曰秦失其鹿天下共逐之于是高材疾足者先得焉象牀寶一作錦帳無言語從此譙周是老一作舊臣蜀志譙周字允南巴西人亮卒于敵庭周在家聞問即便奔赴後主立太子以周為僕轉家令時後主頗出遊觀增廣聲樂周上疏願省減樂官後宮所增造但奉脩先帝所施下為子孫節儉之教從為中散大夫後遷光祿大夫位亞九列周雖不與政事以儒行見禮時訪大議

輒據經以對而後生好事者亦咨問所疑焉

和王秀才才調集作友人傷歌姬

月缺花殘莫愴然花須終發月須才調集作終員更能何事銷芳念亦有穠華委逝川詩何彼穠矣華如桃李一曲豔歌留宛轉嗣立案吳均續齊諧記晉有王敬伯者會稽餘姚人少善鼓琴年十八過吳維州中渚登亭望月悵然有懷乃倚琴歌之俄見一女子雅有容色謂敬伯曰女郎悅君之琴願共撫之敬伯許焉既而女郎至姿質婉麗綽有餘態從以二少女乃命大婢酌酒小婢彈箜篌作宛轉歌女郎脫頭上金釵扣琴弦而和之意韻繇諧歌凡八曲臨去留錦臥具繡香囊并佩一雙以遺敬伯敬伯報以牙火籠玉琴軫敬伯船至虎牢戍吳令劉惠明

者有愛女早世舟中亾臥具于敬伯船獲焉敬伯具以告果于帳中得火籠琴軫女郎名妙容字雅華大婢名春條小婢名桃枝皆善彈箜篌及宛轉歌相繼俱卒

九原春草妒才調集作葬嬋娟用魏武銅雀臺事注見上嗣立案謝朓銅雀臺伎詩芳襟染淚迹嬋娟空復情王孫莫學多情客

自古多情損少年

山中與諸道友夜坐因邊防不寧因示同志

龍沙鐵馬犯煙塵九邊志龍沙焉耆龜茲地班超傳咫尺龍沙迹近羣鷗意倍親風卷蓬根屯戊己補漢元帝紀發戊己校尉屯田吏士攻郅支單于師古曰戊己校尉者鎮安西域無常治處亦猶甲乙等各有方位而戊與己四季寄王故以名官也月移松影

守庚申玉函秘典上尸彭琚小名阿呵中尸彭瓆小名作子下尸彭璚小名季細每庚申夜伺人昏睡陳其過惡于上帝減人祿命故道家遇是夕輒不睡臥時左手撫心呼三尸名令不敢為害韜鈐豈足為經濟補劉向列仙傳呂尚釣于磻谿三年不得魚已而獲大鯉得兵鈐于魚腹中杜甫詩韜鈐延子荆巖壑何嘗是隱淪心許故人知此意吳世家吳札解其寶劍繫徐君冢樹而去曰始吾心已許之豈以死倍吾心哉古來知者竟誰一作何人

祕書省有賀監知章草題詩筆力遒健風尚高遠拂塵尋玩因此有一作有此作補舊唐書賀知章會稽永興人舉進士累遷太子賓客銀青光祿大夫兼正授祕書監知章晚年尤加縱誕無復規儉自號四明狂客又稱祕

書外監遨遊里巷醉後屬詞動成卷軸文不加點竄有可觀又善草隸書好事者供其牒翰每紙不過數十字共傳寶之

越谿漁客賀知章越志若邪谿與鑑湖相通任達憐才愛酒狂補賀知章傳吳郡張旭與知章相善旭善草書而好酒每醉後號呼狂走索筆揮灑變化無窮若有神助時人號為張顛

鸂鶒葦花隨釣艇蛤蜊菰葉夢橫塘說文菰一名蔣秋實曰菰米詳卷一

幾年涼月拘華省補舊唐書開元十年兵部尚書張說為麗正殿修書使奏請知章入書院同撰六典及文纂等累年書竟不就潘岳賦獨展轉于華省

一宿秋風憶故鄉補舊唐書天寶三載知章因病恍惚乃上疏請度為道士求還鄉里仍舍本鄉宅為觀上許之御制詩以贈行皇太子以

下就執別榮路脱身終自得補唐玄宗送賀知章歸四明詩遺榮期入道臨老竟抽簪

福庭回首莫相忘補福地記其山東接驪山太華西連太白至于隴山北去長安城八十里南入楚塞連屬東西諸山周圍數百里名曰福地出羣一作龍鸞鶴辭一作歸遼海

落筆龍蛇滿壞牆李白草書歌時時只見龍蛇走李白死來無醉客舊唐書李白字太白山東人少有逸才志氣宏放飄然有超世之心賀知章賞之曰此天上謫仙人也後竟以飲酒過度醉死于宣城本事詩白自蜀至京師舍于逆旅賀知章聞其名首訪之請所為文白出蜀道難以示之讀未竟稱歎數四號為謫仙解金貂換酒與傾盡醉期不間日可憐神彩弔殘陽

題裴晉公林亭嗣立案裴度本傳中官用事衣冠道喪度以年及懸輿不復以出處

為意東都立第于集賢里築山穿池竹木叢翠有風亭水榭梯橋架閣島嶼回環極都城之勝又于午橋創別墅花木萬株中起涼臺暑館名曰綠野堂引甘水貫其中釃引脈分映帶左右度視事之隙與詩人白居易劉禹錫酣宴終日高歌放言以詩酒琴書自樂當時名士皆從之遊

謝傳林亭暑氣微陶潛詩暑氣為之無山丘零落閟音徽晉書羊曇經西州門以馬策扣扉誦曹子建詩曰生存華屋處零落歸山丘詳卷五古詩蒼蒼匿音徽

東山終為蒼生起謝安傳安年已四十餘桓溫請為司馬將發新亭朝士咸送中丞高崧戲之曰卿累違朝旨高臥東山諸人每言安石不肯出將如蒼生何蒼生今亦將如卿何南浦虛言白首歸補江淹賦送君南浦將如之何潘岳金谷集作詩投分寄石友白首同所歸

池鳳已傳春水浴鳳皇

池詳卷八

渚禽猶帶夕陽飛悠然到此忘情處一日何妨有

萬機尚書一日二日萬機漢書丞相掌丞助天子理萬機

温飛卿集箋註卷四

温飛卿集箋註卷五

明　曾　益原註

長洲顧予咸補輯

顧嗣立重訂

車駕西遊因而有作

宣曲長楊瑞氣凝漢書注宣曲宮在昆明池西長楊宮在盩厔上林狐兔待秋鷹誰將詞賦陪雕輦寂莫相如卧茂陵史記司馬相如病免家居

茂陵

傷温德彝 補舊唐書興元軍亂殺節度使李絳文宗授節度使温造手詔四通神策行營將董重質河東都將温德彝郃陽都將劉士和等咸令稟造之命

昔年戍鹵犯榆關見卷一一敗龍城匹馬還漢書注應劭曰匈奴單于祭天大會諸國名其處為龍城侯印不聞封李廣李廣傳廣與望氣王朔語曰諸將校尉已下以軍功取侯者數十人廣終無尺寸功以得封邑豈吾相不當侯耶別一作他人丘壟似天山補漢書霍去病薨發屬國玄甲軍陳自長安至茂陵為冢象祁連山師古曰祁連山即天山也

贈少年

江海相逢客恨多秋風葉下洞庭波屈原辭洞庭波兮木葉下謝莊月賦洞庭始波木葉微脫酒酣夜別淮陰市韓信傳淮陰少年侮信信俛出胯下一市皆笑月照高樓一曲歌

贈鄭徵君家匡山首春與丞相贊皇公遊止廬山記匡俗出於周威王時生而神靈隱淪潛景廬於此山故山取號焉李德裕傳德裕字文饒趙州人以本官平章事進封贊皇伯食邑七百户

一抛蘭櫂逐燕鴻一作征曾向江湖識謝公李白詩寂莫謝公宅士贊曰謝公宅在城東青山每到朱門還悵望世說竺法深在梁簡文帝座劉尹曰道人何以

游朱門故山多在畫屏中

夏中一作日病痁作甲乙經痁瘧疾也左傳齊侯疥遂痁

山鬼揚威正氣愁補後漢禮儀志注顓頊氏有三子生而亡去為疫鬼一居江水為瘧鬼

便辭珍簟襲狐裘子夜夏歌珍簟鏤玉牀詩狐裘蒙茸西窗一夕悲人

事團一作圓扇無情不待秋用班婕妤詩詳卷一

題友人居

盡日松堂看畫圖綺疏岑寂一作寂寞似清都補孫綽天台賦皦日炯晃於綺疏列子清都紫微鈞天廣樂帝之所居若教煙水無鷗鳥張翰何由到

五湖補史記索隱五湖者郭璞江賦云具區洮滆彭蠡青草洞庭又云太湖周五百里故曰五湖也張勃吳錄五湖者太湖之別名也

題李相公敕賜一本有錦字屏風補舊唐書李德裕傳宣宗即位罷相出為東都留守大中元年再貶潮州司馬明年又貶潮州司戶又貶崖州司戶至三年十二月卒

豐沛曾為社稷臣漢書高祖起豐沛眾立為沛公蕭曹等為收沛子弟得三千人賜書名畫墨猶新漢書班彪幼與從兄嗣共遊學家有賜書幾人同保山河誓漢書封爵之誓曰使長河如帶泰山如礪獨一作猶自栖栖九陌塵

蔡中郎墳范氏後漢書蔡邕字伯喈陳留人仕至左中郎將王允收付廷尉死獄中吳地

志墳在毘陵尚宜鄉五都

古墳零落野花春聞說中郎有後身補商芸小說張衡死日蔡邕母始懷孕二人才貌甚相類人云邕是張衡後身今日愛才非昔日莫抛心力作詞人

元處士池上

蓼穗菼一作菱叢思蟪蛄毛氏云三輔以南為蜩楚地謂之蟪蛄詳卷六水螢江鳥滿煙蒲愁紅一片風前落李賀詩愁紅獨自垂池上秋波似五湖

華陰韋氏林亭唐書華陰縣屬華州垂拱二年改為仙掌縣神龍元年復為華陰

自有林亭不得閒陌塵宮樹是非閒嗣立案吳兆宜云荀子是是非非之謂知非是是非之謂愚終南長一作祇在茅檐外潘岳關中記終南一名中南言在天之中居都之南福地記終南東接太華去長安城八十里別向人間看華山福地記山頂有池生千葉蓮華服之羽化因名補白虎通西方太華用事萬物生華故曰華山

寄裴生乞釣鉤

一隨菱櫂謁王侯深媿移文負釣舟補孔稚圭北山移文蕙帳空兮夜鶴怨山人去兮曉猿驚今日太湖風色好越絕書太湖周三萬六千頃吳錄西首無錫東蹈松

江南貢烏程北枕大癸東南之水都也　郤將詩句乞魚鉤

長安春晚二首

曲江春半日遲遲補司馬相如哀二世賦臨曲江之隑洲注曲江在杜陵西北五里寰宇記曲江池漢武帝所造名為宜春苑其水曲折有似廣陵之江故名之西京雜記朱雀街東第五街皇城之東第三街昇道坊龍華尼寺南有流水屈曲謂之曲江　正是王孫悵望時見卷二　杏花落盡不歸去江上東風吹柳絲

四方無事太平年萬象鮮明禁火前周禮司烜氏以木鐸脩火禁於國中

九重細雨惹春色輕染龍池楊柳煙嗣立案長安志龍池在南內南薰殿

北躍龍門南本是平地垂拱後因雨水流潦成小池後又引龍首支渠分溉之日以滋廣至神龍景雲中彌亘數頃深至數丈常有雲氣或見黄龍出其中謂之龍池

三月十八日雪中作

芍藥薔薇語早梅不知誰是豔陽才補鮑昭詩豔陽桃李節皎潔不成妍

今朝領得東一作春風意不復饒君雪裏開

咸陽值雨補唐書京兆府有咸陽縣武德元年置有便橋

咸陽橋上雨如縣一統志西渭橋在舊長安西唐時一名咸陽橋萬點空濛隔釣船絕似洞庭春水色晚雲將入岳陽天風土記岳陽樓城西門門

樓也下瞰洞庭景物寬潤

彈箏人 才調集上有贈字

天寶年中 一作問 事玉皇 唐玄宗記開元三十年改元天寶 曾將新曲教寧王 案宗室世系圖睿宗六子長憲稱寧王房憲初立為皇太子以楚王有定社稷功讓位玄宗薨追册為讓皇帝諸王傳涼州獻新曲帝御便坐召諸王觀之憲曰曲雖佳然宮離而不屬商亂而暴君卑逼下臣僭犯上臣恐一日有播遷之禍帝默然及安史亂世思憲審音云 鈿蟬金鳳 才調集作雁 皆 一作今又一作俱 零落一曲伊州淚萬行 補唐地理志伊州伊吾郡本西伊州貞觀六年更名樂苑有伊州歌伊商調曲西京節度蓋嘉運所進也

瑤瑟怨

冰簟銀牀夢不成碧天如水夜雲輕雁聲還才調集作遠過一作向瀟湘去一作浦圖經湘水自陽海發源至零陵北而營水會之二水合流謂之瀟湘瀟者水清深之名也十二樓中月自明見卷一

題端正樹補案關中記在博望苑西為唐明皇幸蜀所經處太真外傳華清宮有端正樓即貴妃梳洗之所又上發馬嵬至扶風道道旁有花寺畔見石楠樹團圓愛玩之因呼為端正樹蓋有所思也太平廣記引抒情詩長安西端正樹去馬嵬一舍之程唐德宗幸奉天覩其蔽芾錫以美名有文士題詩逆旅昔日偏霑雨露榮德皇西幸賜嘉名馬嵬此去無多地合向楊家

冢上生二說未詳孰是

路傍佳樹碧雲愁曾侍金輿幸驛樓江淹賦喪金輿及玉乘草木榮枯似人事補顔延之秋胡詩僶俛見榮枯綠陰寂莫漢陵秋

渭上題三首

呂公榮達子陵歸齊世家太公望呂尚者其先封於呂姓姜氏西伯出獵遇太公於渭之陽與語大悅載與俱歸立為師後漢書嚴光字子陵與光武同遊學及即位令以物色訪之齊國上言有男子披羊裘釣澤中帝三聘乃至除諫議大夫不屈萬古煙波繞釣磯張志和詞樂在煙波釣是間橋上一通名利迹史記索隱今渭橋有三所一在城西北咸陽路曰西渭橋一在東北

高陵邑曰東渭橋便門橋服虔曰在城北面西頭門即橋跨渡渭水以趨

江鳥背人飛

目極雲霄思浩然一作容不肯忘機作

煙水何曾息世機暫時相向亦依依所嗟白首磻谿叟

嗣立案尚書大傳文王至磻谿見吕望拜之補鄺道元水經注磻谿中有石室蓋太公所居也兹泉水積成淵渚即太公垂釣之所也其投竿跽餌兩膝遺跡猶存是以有磻谿之稱也

一下漁舟更不歸

經故翰林袁學士居

劒逐驚波玉委塵張華傳雷煥補豐城令掘獄得雙劒遣使送一劒與華留一自佩煥卒子華為州從事持劒經延平津劒忽躍出墮水使人取之見兩龍蟠縈光彩照水波浪驚沸於是失劒補世說庾亮卒何充歎曰埋玉樹著土中使人情何能已已謝安門下更何人西州城外花千樹盡是羊曇醉後春晉書謝安傳羊曇者泰山人為安所愛重安薨後輟樂彌年行不由西州路嘗因石頭大醉扶路唱樂不覺至州門左右白曰此西州門曇悲感不已以馬策扣扉誦曹植詩曰生存華屋處零落歸山丘慟哭而去

題城南杜邠公林亭原注時公鎮淮南自西蜀移節嗣立案舊唐書杜悰以

蔭選尚公主會昌中拜中書侍郎同中書門下平章事出鎮西川俄復入相加太傅邠國公

卓氏壚前金線柳見卷四隋家隄畔錦帆風見卷八貪為兩地分霖雨尚書若歲大旱用女作霖雨不見池蓮照水紅

夜看牡丹

高低淺深一闌紅把火殷勤繞露叢希逸近來成懶病文章録謝莊字希逸陽夏人七歲能文有才藻嗣立集徐注酉陽雜俎謝康樂集中言竹間水際多牡丹今引謝莊未詳不能容易向春風見卷九雪詩注

宿城南亡友別墅

水流花落歎浮生又伴游人宿杜城補三秦記杜城一名下杜城在雍州東南十五里其城周三里東有杜原城在底下故名下杜還似昔年殘夢裏透簾斜一作新月獨聞鶯

過分水嶺補通分水嶺在漢中府略陽縣東南八十里嶺南下水分東西流

谿水無情似有情入山三日得同行嶺頭便是分頭處惜別潺湲一夜聲

鄠杜郊居漢書宣帝尤樂鄠杜之間注杜屬京兆鄠屬扶風

槿籬芳椵近樵家爾雅椵木槿一名日及古樂府結網槿籬邊補謝靈運集有田南樹園激

流植援詩注援衛也隴麥青青一徑斜寂莫游人寒食後夜來風雨送梨花

題河中紫極宫

唐書隋河東郡乾元三年置河中府又天寶二年三月改西京玄元廟為太清宫東京為太微宫天下諸郡為紫極宫

昔年曾伴玉真遊補李白玉真仙人詞玉真之仙人時往太華峰每到僊宫即是秋曼倩不歸花落盡漢書東方朔字曼倩平原厭次人滿叢煙露月當樓

四皓

三輔舊事漢惠帝為四皓立碑一曰圜公二曰綺里季三曰夏黄公四曰甪里先生陳留

志園公姓唐字宣明夏黄公姓崔名廣字少通甪里先生姓周名術字元道綺里季姓朱名暉字文季

商於角里一作六百便成功唐書商州上洛郡屬關内道即古商於地史記張儀説楚能閉關絶齊請獻商於之地六百里楚果絶齊求地儀與六里一寸沈機萬古同説文主發謂之機但得戚姬甘定分漢書外戚傳漢王得定陶戚姬愛幸生趙王如意戚姬常從上之關東日夜啼泣欲立其子幾代太子者數賴留侯之策得無易詳見卷三不應真有紫芝翁古今樂録四皓隱居高祖聘之不出仰天歎而作歌曰煜煜紫芝可以療飢

贈張鍊師

丹谿藥盡變金骨見卷一清洛月寒吹玉笙見卷四他日隱居無訪處碧桃花發水縱橫

陶潛桃源記晉太元中武陵人捕魚為業谿行忘路之遠近忽逢桃花夾岸數百步中無雜木芳華鮮美落英繽紛漁人異之尋路見黃髮垂髫問之皆避秦人也問今是何代不知有漢無論魏晉既白太守遣人隨往尋之迷不復得路

温飛卿集箋註卷五

欽定四庫全書

温飛卿集箋註卷六

明 曾益原註

長洲顧予咸補輯

顧嗣立重訂

開成五年秋以抱疾郊野不得與鄉計偕至王府將議遐適隆冬自傷因書懷奉寄殿院徐侍御察院陳李二侍御回中蘇端公鄠縣韋少府兼呈袁

郊苗紳李逸三叉人一百韻 補案唐書文宗立改元開成在位五年漢

書武帝紀徵吏民有明當世之務習先聖之術者縣次續食令與計偕師古曰計者一計簿使也

郡國每歲遣詣京師上之偕者俱也令所徵之人與上計者俱來而縣次給之食後譌誤因承

此語遂總謂上計為計偕云

逸足皆先路 蜀志龐通曰陸子可謂駑馬有逸足之力屈原離騷乘騏驥以馳騁兮來吾導夫先

路 窮郊獨向隅 韓詩外傳衆或滿堂而飲酒有人向隅悲泣則一堂皆為之不樂 頑童逃

廣柳 補漢書季布楚人任俠有名項籍使將兵數窘漢王項籍滅高祖購求季布千金布匿濮陽周氏乃

髡鉗布置廣柳車中與其家數十人之魯朱家所賣之鄭氏曰作大柳衣車若周禮喪車也晉灼曰載以喪車

欲人不知也嗣立案飛卿本名岐吳興沈徽云温曾於江淮為親表檟楚由是改名頻童句似指此

羸馬臥平蕪杜甫詩懷古視平蕪黃卷嗟誰問補舊唐書狄仁傑傳兒童時門人有被害者縣吏就詰之衆皆接對仁傑堅坐讀書曰黃卷之中聖賢備在猶不能接對何暇偶俗吏而見責耶朱弦偶自娛補樂記清廟之瑟朱弦而疏越鹿鳴皆綴士詩呦呦鹿鳴補樂府雜録宴羣臣即奏鹿鳴三曲詳見下潘岳閑居賦名綴下士雌伏竟非夫世説趙温居常歎曰大丈夫當雄飛安能雌伏左傳彘子曰聞敵強而退非夫也采地荒遺野刑法志周官食地曰采地尚書既乃遯于荒野爰田失故都原注予先祖國朝公相晉陽佐命食采於并汾也補左傳晉於是乎作爰田離騷又何懷乎故鄉亡羊猶博塞音塞莊子臧與穀二人相與牧羊而俱亡其羊問臧

奕事則挾筴讀書問穀奚事則博塞以遊二人者事業不同其於亾羊均也

牧馬倦呼盧 補晉書慕容寶與韓黃李根等樗蒱誓之曰世云樗蒱有神若富貴可期頻得三盧於是三擲盡盧寶拜而受賜 程大昌演繁露凡投子者五皆現黑則其名盧在樗蒱為最高之采四黑一白其水名雉比盧降一等自此而降白黑相雜每每不同

奕世參周祿 補國語祭公謀父曰奕世載德周祿見孟子

承家學魯儒 易開國承家莊子以魯國而儒者一人耳

功庸留劒舃 周禮民功曰庸周遷輿服雜事上公九命則劒履上殿儲君禮均羣后宜劒舃升殿

銘戒在盤盂 補七略盤盂書者其傳言孔甲為之孔甲黃帝之史也書盤中為誡法

經濟懷良畫 補李興諸葛亮表閣文孰若吾侯良籌妙畫

行藏識遠圖 補左傳榮成伯曰遠圖者忠也謝靈運述祖德詩遠圖因事止

未能鳴楚

玉國語王孫圉聘於晉定公饗之趙簡子鳴玉以相空欲握隋珠補淮南子隋侯之珠高誘注隋侯見大蛇傷斷以藥傅而塗之後蛇於大江中銜珠以報之因曰隋侯之珠曹植與楊德祖書人人自以為握靈蛇之珠定為魚緣木見孟子曾因兔守株韓非子宋有耕者兔走觸株折頸死因釋耕守株冀復得兔五車堆縹帙莊子惠施多方其書五車補徐陵玉臺新詠序方當開茲縹帙三徑闔繩樞陶潛歸去來辭三徑就荒賈誼過秦論陳涉甕牖繩樞之子適與羣英集文子智過萬人謂之英將期善價沽見論語葉龍圖夭矯嗣立案莊子葉公好龍室屋雕文盡以寫龍於是天龍聞而下之窺頭於牖拖尾於堂葉公見之懼而退走失其魂魄五色無主是葉公非好真龍也好夫似龍而非龍也燕鼠笑胡盧嗣立案闕子宋之愚人得

燕石於梧臺之側藏之以為大寶周客聞而觀焉主人齋七日端冕玄服以發寶華匱十重肯一襲客見俛而掩口盧胡而笑曰此特燕石也其與瓦甓不殊主人大怒曰商賈之言醫匠之心藏之愈固守之愈謹

戰國策應侯曰鄭人謂玉之未理者為璞周人謂鼠之未臘者為璞周人懷璞過鄭問賈者欲賈璞乎鄭賈曰欲之出其璞示之乃鼠也因謝而不取

賦分知前定

補歐陽建詩窮達有定分

寒心畏厚誣

補漢鄒陽傳孝文皇帝據關入立寒心銷志

左傳鄭賈人曰吾小人不可以厚誣君子

躡塵追慶忌

補吳越春秋吳王曰慶忌筋骨果勁走追奔獸手接飛鳥骨騰肉飛拊膝數百里吾嘗追之於江駟馬馳不及

吳都賦捷若慶忌注慶忌吳王僚之子也

橾劒學班輸

補淮南子魯般古之巧人

高誘注公輸班也

王充論衡魯般刻木為鳶飛三日不下為母作木車木人為御機關一發遂去不還

文囿陪

多士苑蔚宗樂遊應詔詩文囿降照臨詩濟濟多士神州試大巫神州注見下陳琳答張紘書足下與子布在彼所謂小巫見大巫神氣盡矣對雖希鼓瑟見論語名亦濫吁一作吹竽原注予去秋試京兆薦名居其副韓非子齊宣王好竽吹竽者三百人皆食祿南郭先生不知竽濫食祿於三百人中宣王薨後王立王曰寡人好竽欲一一吹之南郭乃遁正使猜奔競補晉諸公贊人人望名求者奔競何嘗計有無莊子太初有無無有無名鎦惔虛訪覓鎦古文劉通補晉書劉惔字真長沛國相人雅善言理簡文帝初作相與王濛並為談客俱蒙上賓禮時孫盛作易象妙於見形論帝使殷浩難之不能屈帝曰使真長來故應有以制之乃命迎惔盛素敬服惔及至便與抗答辭甚簡至盛理遂屈一座拊掌大笑咸稱美之王霸竟揶揄後漢書王霸字元伯潁陽人從

光武在薊王郎移檄購光武霸至市中募人以擊郎市人大笑舉手揶揄之霸慙而還注揶揄手相笑也市

義虛焚券戰國策馮煖為孟嘗君客收債之薛燒其券報曰竊以為君市義關譏謾棄

繻漢書終軍入關關吏與軍繻軍問以此何為吏曰為復傳還當以合符軍曰大丈夫西遊終不復傳還棄

繻而去至言今信矣漢書賈山言治亂之道借秦為諭名曰至言微尚亦悲夫

補謝靈運詩伊余秉微尚白雪調歌響宋玉對楚王問客有歌於郢中者其為陽春白雪國中屬

而和者數十人清風樂舞雩見論語脅肩難黽俛漢吳王濞傳脅肩累足搔

首易嗟吁詩搔首踟躕角勝非能者補吳志韋曜傳今當角力中原以定強弱推

賢見射乎見論語兕觥增恐悚詩兕觥其觩杯水失錙銖莊子置杯

水於坳堂之上說文十絫為銖六銖為錙補陸倕新刻漏銘箭異錙銖

粉堞收丹采

補唐六典兵部員外郎掌貢舉有二科一曰平射一曰武射其試用有七一曰射長垛

金髇隱僕姑

補李白詩雙鶬并落連飛髇注髇呼交切音虓飛髇鳴鏑也左傳乘邱之役公以金僕姑射南宮長萬注金僕姑矢名

垂橐羞盡爵

左傳伍舉知其有備也請垂橐而入禮記君子之飲酒也一爵而色灑如二爵而言言三爵而油油以退補吳志諸葛恪傳張昭無辭遂為盡爵

揚觶辱彎弧

禮記知悼子卒平公飲酒曰寡人亦有過焉酌而飲寡人杜蕢洗而揚觶補班固幽通賦管彎弧欲斃讎兮儲作后而成已

虎拙休言畫

馬援戒子書學杜季良不得陷為天下輕薄子所謂畫虎不成反類狗也

龍希莫學屠

莊子朱平漫學屠龍於支離益

轉蓬隨款段

淮南子見飛蓬轉而始為車馬援傳

衆下澤車御款段馬使鄉里稱善人足矣注款段言形段遲緩也耘草闢墁莫干反墟受業鄉名鄭嗣立案後漢書鄭玄字康成北海高密人遊學十餘年乃歸鄉里學徒相隨數百千人國相孔融深敬於玄屣履造門告高密縣為玄特立一鄉曰鄭公鄉藏機谷號愚寰宇記愚公谷在臨淄縣西二十五里嗣立案說苑齊桓公逐鹿入山谷中見父老問此何谷曰愚公谷畜牸牛子大賣之買駒少年曰牛不能生馬遂持駒去旁人聞以為愚因以之名谷庾信賦名為野人之家是謂愚公之谷質文精等貫琴筑韻相須築室連中野詩築室百堵易葬之中野誅茅接上腴屈原卜居寧誅鉏草茅以力耕乎庾信賦誅茅宋玉之宅補西都賦華實之毛則九州之上腴焉葦花綸一作編虎落爾雅葦醜芀荆楚歲時記正旦縣索葦補漢鼂錯傳為中周虎落鄭

氏曰若今時竹虎也師古曰以竹簁相連遮落之也何遜詩虎落夜方寝松癭鬭欒櫨補庾信枯樹賦戴癭藏瘤廣雅曲枅曰欒說文櫨柱上枅也靜語鸎相對閒眠寉浪俱蘂多勞蝶翅古今注蛺蝶翅多粉以芳時飛集花間香酷墜蠭鬚杜甫詩花蘂上蠭鬚芳草迷三島三島即海上三山詳卷一瀲波似五湖瀲古瀲字五湖詳卷五躍魚翻藻荇見卷八愁鷺睡葭蘆見卷四溟渚藏鸂鶒補臨海異物志鸂鶒水鳥毛有五采色食短狐其在溪中無毒氣幽屏臥鵁鶄異物志鳥像雌雄名鵁鶄其志懷南不思北徂補嶺表録異鵁鶄雖東西回翔開翅之始必先南翥其鳴自吁薄杜苦辛隨蓺一作懃殖甘旨仰樵蘇漢書樵蘇後爨注吹木曰樵蓺草曰蘇笑語空懷橘吳志

績年六歲見袁術出橘績懷三枚拜辭墮地術曰陸郎作賓客而懷橘乎答曰欲以遺母窮愁亦據梧莊子據槁梧而瞑尚能甘半菽補漢書項羽曰歲饑人貧卒食半菽劉峻廣絶交論莫肯貴其半菽非敢薄生芻後漢書郭林宗母憂徐穉子弔之置生芻一束於廬前而去林宗曰此必南州高士徐孺子也詩不云乎生芻一束其人如玉吾何德以堪之釣石封蒼蘚補古今注室空無人行則生苔蘚或青或紫一名綠錢芳蹊豔絳跗補束晢補亡詩白華絳跗在陵之陬鄭玄毛詩箋跗萼足也跗與趺同樹蘭畦繚繞穿竹路縈紆機杼非桑女詩女執懿筐爰求柔桑林園異木奴盛弘之荊州記李衡於龍陽洲種橘千株臨死敕其子曰吾洲裏千頭木奴歲可得絹千匹横竿窺赤鯉補西都賦投文竿出比目古今注兗州人謂赤

鯉為赤驥以其能飛越江湖故也**持翳望青鸕**潘岳射雉賦序聊以講肄之餘暇而習媒翳之事善曰翳者所隱以射禽者也補埤雅楊孚異物志云鸕鷀能没於深水取魚而食之**洋水思芹味**詩思樂洋水薄采其芹**琅邪得稻租**嗣立案世說李百藥七歲時有讀徐陵文者云刈琅邪之稻生客並不識其事百藥進曰傳稱鄅人藉稻注云鄅國在琅邪開陽縣人皆服其機穎**杖輕藜擁腫**嗣立案劉向別傳向校書天祿閣夜暗獨坐誦書有老人黃衣植青藜杖叩閣而進吹杖端煙燃與向說開闢以前向因受五行洪範之文至曙而去曰我太乙之金天帝聞卯金之子有博學者下而觀焉乃出所有竹牒天文地理之書悉以授之莊子惠子吾有大樹人謂之樗其大本擁腫而不中繩墨**衣破芰披數**離騷製芰荷以為衣兮集芙蓉以為裳**芳意憂鶗鴂**見卷一**愁聲覺**

蟪蛄補莊子蟪蛄不知春秋淮南王招隱士蟪蛄鳴兮啾啾短檐喧語燕杜甫詩嬌燕入檐高木墮飢鼯一作鳥埤雅鼯鼠夷猶狀如小狐似蝙蝠肉翅飛且乳亦謂之飛生音如人呼

謝朓詩飢鼯此夜啼補杜甫詩飢鼯訴落藤事迫離幽墅貧羸犯畏途莊子夫畏途者十殺一人則父子兄弟相戒也愛憎防杜摯補魏志文章敘錄杜摯字德魯署司徒軍謀吏後舉孝廉除郎中轉補校書卒事未詳悲歎似楊朱楊朱氏見卷八旅食常過衛史記孔子去衛過曹去曹適宋與弟子習禮大樹下羇游欲渡瀘諸葛亮出師表五月渡瀘塞歌

傷督護嗣立案宋孝武帝丁督護歌督護初征時儂亦惡聞許願作石尤風四面斷行旅邊角思單于嗣立案李益聽曉角詩秋風吹入小單于注唐大角曲有大單于小單于堡戍標槍

槊補韻會刻木傷盜曰槍通俗文矛丈八尺謂之槊闊河鏁舳艫補漢書舳艫千里李斐曰舳船後持柁處也艫船前頭刺櫂處也威容尊大樹補馮異傳每所止舍諸將竝論功異常屛樹下軍中號曰大樹將軍刑法避秋荼漢刑法志法緐秋荼遠目窮千里補宋玉招魂目極千里兮傷春心歸心寄九衢爾雅四達謂之衢寢甘誠繫滯補莊子孫叔敖甘寢秉羽而郢人投兵韓愈詩倒身甘寢百疾愈漿饋貴睢盱莊子列禦寇之齊中道而反曰吾驚焉吾嘗食於十漿而五漿先饋補王延壽魯靈光殿賦洪荒樸略厥狀睢盱字林睢仰目也盱張目也懷刺名先遠補禰衡傳衡矯時慢物建安初來遊許下陰懷一刺既而無所之適至於刺字漫滅干時道自孤齒牙頻激發見卷二簦笈尚崎嶇史記虞卿躡蹻擔

登後漢書蘇章負笈尋師蓮府侯門貴見卷四霜臺帝命俞補杜佑通典御史為風霜之任故曰霜臺尚書帝曰俞驥蹄初躡景補穆天子傳八駿之乘一曰赤驥曹植七啟忽躡景而輕騖鵬翅欲搏扶注見下寓直回驄馬後漢書桓典拜侍御史常乘驄馬京師畏憚為之語曰行行且止避驄馬御史補晉五行志魏侍中應璩在直廬陸機詩夕息旋直廬分曹對暝烏漢書朱博為御史大夫其府列柏樹常有野烏數千晨去暮來號曰朝夕烏補蜀志杜瓊傳瓊曰古者名官職不言曹始自漢已來名官盡言曹吏言屬曹卒言侍曹百神散髣髴詩懷柔百神補魯靈光殿賦若鬼神之髣髴孤竹韻含糊周禮孤竹之管唐書安祿山斷顏杲卿舌含糊而絕鳳闕分班立漢書建章宮東則鳳闕高二十餘丈鴛行竦劍趨補杜甫詩為報

鴛行侶觸邪承密勿補詩密勿王事持法奉訏謨詩訏謨定命鳴玉鏘

登降禮記登降有節詳見上衡牙響曳婁禮記凡帶必有佩玉佩玉必有衡牙詩弗曳弗婁

祀親和氏璧墨子和氏之璧諸侯之良寶也香近博山鑪詳卷八瑞景

森瓊樹補世說王戎曰太尉神姿高徹如瑤林瓊樹自然是風塵外物輕冰瑩玉壺補鮑照白頭吟清如玉壺冰豸一作象冠簪鐵柱嗣立案漢官儀獬豸獸性觸不直故執憲者以豸形為冠輿服志侍御史冠法冠一曰柱後以鐵為柱言其審固不撓常清峻也螭首對金鋪嗣立案唐會要左右史分立殿下直第二螭首和墨濡筆即螭首坳處號螭頭金鋪詳卷一內史書

千局一作帖局與卷同嗣立案王羲之傳羲之字逸少尤善隸書為右軍將軍會稽內史將軍畫

一厨 嗣立案顧愷之傳愷之字長康善丹青嘗以一厨畫糊題其前寄桓玄玄發厨竊畫而緘閉如舊以還之給云未開愷之見封題如初直云妙畫通靈變化而去亦猶人之登僊了無怪色案名畫記愷之小字虎頭吳曾漫録顧愷之為虎頭將軍非小字也畫記誤耳

眼明驚氣象 補後漢李業傳犍為任永君業同郡馮信公孫述連徵命皆託青盲以辟世難及聞述誅皆盥洗更視曰世適平目即清

心死

伏規模 莊子形固可使如槁木而心固可使如死灰乎漢書規模宏遠

豈意觀文物 補左傳文物以紀之

何勞琢碔砆 戰國策白骨疑象碔砆類玉

草肥牧騕褭 瑞應圖騕褭神馬明君有德則至

苔澀淬昆吾 列子西海上多昆吾石鍊成鐵作劒切玉如泥

鄉思

巢枝鳥 古詩越鳥巢南枝

年華過隙駒 漢魏豹傳豹謝曰人生一世間如白駒過隙師

古曰白駒謂日景也隙壁際也銜恩空抱影嗣立案王嚴雜詩朱火獨照人抱景自愁怨醻德未捐軀嗣立案曹植三良詩誰言捐軀易殺身誠獨難時輩推良友補杜甫詩脱略小時輩晉周顗傳王導曰冥冥之中負此良友家聲繼令圖補司馬遷報任安書李陵既生降頽其家聲左傳女叔齊曰君子能知其過必有令圖謝朓詩平生仰令圖致身傷短翮魏彦深賦雙翮長者起遲六翮短者飛急驤首顧疲駑漢鄒陽傳蛟龍驤首補韓詩外傳昔者田子方出見老馬於道問其御曰此何馬也曰公家畜也疲而不用故出之子方喟然歎曰少盡其力老棄其身仁者不爲也宋玉九辨策駑駘而取路班馬方齊騖補班固傳固字孟堅綴集所聞漢書凡百篇司馬遷傳遷著十二本紀作三十世家七十列傳凡一百三十篇爲太史公書成一家言陳雷亦竝驅

補後漢書雷義舉茂才讓於陳重鄉里為之語曰膠漆自謂堅不如雷與陳昔皆言爾志今亦畏吾徒並見論語有氣干牛斗補張華傳牛斗間常有紫氣華問雷煥曰寶劍之精上徹於天耳無人辨轆轤轆轤鹿盧同嗣立案鹿盧之劍晉灼曰古劍首以玉作鹿盧古樂府腰間鹿盧劍可直千萬餘客來斟綠蟻見卷四妻試蹋青蚨嗣立案王衍傳衍妻郭氏賈后之親藉勢貪戾聚斂無厭衍疾郭貪鄙口未嘗言錢郭欲試之令婢以錢繞牀使不得行衍晨起見錢謂其婢曰舉阿堵物耶干寶搜神記南方有蟲名青蚨形似蟬而稍大以母血塗錢八十一文以子血塗錢八十一文每市物或先用母錢或先用子錢皆復飛歸輪轉無已故淮南子術以之還錢名曰青蚨積毀方銷骨補鄒陽上書眾口鑠金積毀銷骨微瑕懼掩瑜禮記瑕不揜瑜注瑕玉之病也瑜其

中間美者蛇矛猶轉戰嗣立案晉書載記陳安左手奮七尺大刀右手執丈八蛇矛唐書鄭畋傳
爭麾隴右之蛇矛待埽關中之蟻聚魚服自囚拘補張衡東京賦白龍魚服見困豫且說苑吳王
欲從民飲伍子胥曰昔白龍下清冷之淵化為魚豫且射中目白龍不化豫且不射欲就欺人事
何能逭鬼誅補莊子為不善乎顯明之中者人得而誅之為不善乎幽冥之中者鬼得而誅之
是非迷覺夢補莊子其臥徐徐其覺于于詳卷五行役議秦吳詩父曰嗟予子行役
凜冽風埃慘蕭條草木枯低回傷志氣補史記余低回留之不能去云
蒙犯變肌膚左傳蒙犯霜露補東觀漢記世祖蒙犯霜雪旅雁唯聞叫沈約詩旅
雁每回翔飢鷹不待呼魏志陳登謂呂布曰譬如養鷹飢則為用飽則颺去夢梭抛促

織嗣立案劉石齡云古今注促織一名蟋蟀謂鳴聲如急織也里語促織鳴懶婦驚心繭一作緒學

蜘蛛補爾雅翼太昊師鼅鼄而結網故張望賦云吐自然之織緒先皇羲以結網太玄經蜘蛛之務不如蠶之緰寧復機難料補莊子漢陰丈人曰有機械者必有機事有機事者必有機心庸非

信未孚左傳小信未孚激揚銜箭虎盧思道詩谷中石虎徑銜箭疑懼聽冰

狐嗣立案郭緣生述征記盟津河津恒濁寒則冰厚數丈冰始合車馬不敢過要須狐行云此物善聽冰下無水乃過人見狐行方渡處已將營窟一作口戰國策馮煖曰狡兎有三窟僅得免其死耳

論心若合符見孟子浪言輝棣萼詩棠棣之華鄂不韡韡何所託葭

莩補漢書非有葭莩之戚師古曰葭蘆也莩其筩中白皮言輕薄而附著喬木能求友詩嚶

其鳴矣求其友聲危巢一作梁莫嚇雛莊子鴟得腐鼠鵷雛過之仰而視之曰嚇風華飄領袖補晉書裴秀少好學能屬文時人為之語曰後進領袖有裴秀又魏舒堂堂人之領袖詩禮拜衾襦補莊子儒以詩禮發冢大儒臚傳曰東方作矣事之何若小儒曰未解帬襦口中有珠詩固有之曰青青之麥生於陵陂生不布施死何含珠欹枕情何苦魏志曹公作欹案臥視書同舟道豈一作固殊鄧析書同舟涉海中流遇風救患若一所憂同故也放懷親蕙芷離騷雜申椒與菌桂兮豈惟紉夫蕙芷收迹異桑榆淮南子西日垂景在樹端曰桑榆補馮異傳可謂失之東隅收之桑榆注桑榆謂晚也贈遠聊攀柳詳卷二裁書欲截蒲漢書路温舒父為里監門使温舒牧羊温舒取澤中蒲截以為牒編用寫書瞻風無限淚回

首更踟躕上注見

感舊陳情五十韻獻淮南李僕射嗣立案舊唐書李蔚字茂休隴西人開成末進士擢第大中七年知制誥轉郎中正拜中書舍人咸通五年權知禮部貢舉六年拜禮部侍郎轉尚書右丞尋拜京兆尹太常卿尋以本官同平章事加中書侍郎罷相出為襄州刺史山南東道節度使入為吏部尚書加檢校尚書右僕射汴州刺史宣武軍節度觀察等使咸通十四年轉揚州大都督府長史淮南節度副大使知節度事

嵇紹垂髫日山濤筮仕年晉書山濤字巨源與嵇康善為竹林之遊康生事臨誅謂子紹曰巨源在女不孤矣補左傳畢萬筮仕於晉遇屯之比辛廖占之曰吉琴尊陳座一作几又

一作席**上**補孔融傳融好士賓客日盈其門常自言曰座上客常滿尊中酒不空吾無憂矣**紈綺拜**

牀前嗣立業梁張纘離別賦序太常劉侯前輩宿達余在紈綺之歲固已欽其風矣馬援傳援嘗有疾梁松來候之獨拜牀下援不荅松去後諸子問曰大人奈何獨不為禮援曰我乃松父友也**鄰里纔三**

從列女傳孟軻之母三從其居而軻成大賢**雲霄已九遷**補任昉為范尚書讓封侯表雖千秋之一日九遷注東觀漢記馬援與楊廣書曰車丞相高祖園寢郎一月九遷為丞相者知武帝恨誅衛太子上書訟之然日當為月字之誤也**感深情懍悢**屈原九章招懍悢而乖懷**言發淚潺湲**

補屈原九歌橫流涕兮潺湲**憶昔龍圖盛方今雀羽全**補埤雅雀始生二年落子毛淺六十年大毛落茸毛生色雪白**桂枝香可襲**劉安招隱士攀援桂枝兮聊淹留晉書郗詵曰

臣舉賢良對策猶柱楊葉舊一作頻穿 戰國策楚有養林之一枝詳卷四射由基者善射去柳葉者百步而射之百發百中 王籍標人瑞 西京雜記補杜甫醉歌行舊穿楊葉真自知陸賈曰天以寶為信應人金丹化地僊 補抱朴子覽金丹之道使之德故曰瑞應又不復措意小小方書 楞嚴經衆生堅固服餌草木藥道員成名地行僊 賦成攢筆寫 補禰衡鸚鵡賦序衡因為賦筆不停綴文不加點 歌出滿城傳 補南史謝靈運傳每有一首詩至都下貴賤莫不競寫宿昔門士庶皆徧名動都下 既矯排虛翅 盧諶詩婉彼排虛翮化 將持造物一作權萬靈思鼓鑄 補莊子是其塵垢粃糠猶將陶鑄堯舜者也 羣品待陶甄 補班固典引甄殷陶周 漢書董仲舒曰上之化下猶泥之在鈞惟甄者之所為 視草絲綸出 補翰林志學士於禁中草

書詔雖宸翰所揮亦資檢校謂之視草禮記王言如絲其出如綸

持綱雨露懸補杜甫贈田舍人詩獻納司存雨露邊

法行黃道內杜甫詩閶闔開黃道

居近翠華邊上林賦建翠華之旗

書迹臨湯鼎嗣立案宣和博古圖商有癸鼎令从四屮此癸則一屮三包漢揚雄許慎博羣書窮訓詁而智不及知無此鼎則造書之精義與旨孰得而窺之癸湯之父主癸也

吟聲接舜絃禮記昔者舜作五絃之琴以歌南風

白麻紅燭夜唐會要凡赦書德音立后建儲大誅討拜免三公宰相命將並用白麻不用印

清漏紫微天補杜甫詩清漏聞馳道

雷電隨神筆魚龍落彩牋補梁簡文帝春宵詩彩牋子自裂

閑宵陪雍畤史記自古以雍州積高神明之隩故立畤郊上帝諸神祠皆聚云

清暑在甘泉補漢郊祀志武帝作甘泉宮中

為臺室畫天地泰一諸鬼神而置祭具以致天神西京賦九嵕甘泉涸陰沍寒日北至而含凍此焉清暑耽介非持祿補劉峻廣絶交論耿介之士疾其若斯優游是養賢詩優游爾休矣氷清臨百粵補漢地理志注臣瓚曰自交阯至會稽七八千里百粵雜處詳見上風靡化三川補班固漢書贊天下學士靡然向風任昉彈事所向風靡漢書河南故秦三川郡韋昭注曰有河洛伊故曰三川委寄崇推轂漢書馮唐曰上古王者遣將也跪而推轂曰閫以內寡人制之閫以外將軍制之威儀壓控弦漢書控弦百萬梁園提轂騎補漢書梁孝王築東園方三百里廣雎陽城七十里新唐書兵志其始盛時有府兵府兵後廢為彍騎彍騎又廢而方鎮之兵盛矣淮水換戎旃禮記通帛曰旃照日青油濕補梁宗室傳蕭韶為郢州刺史庾信塗經江夏韶接

信甚薄坐信青油幕下韓愈談笑青油幕迎風錦帳鮮古樂府錦帳掛香囊黛娥一作蛾陳二八補宋玉招魂二八侍宿射遞代些注二八二列也左傳晉悼公賜魏絳女樂二八珠履列三千用春申君事見卷四舞轉回紅袖庾信詠畫屏風詩誰能惜紅袖歌愁斂翠鈿補續幽怪錄韋固妻容貌端麗眉間常貼花鈿王臺卿詩按曲動花鈿滿堂開照耀屈原九歌滿堂兮美人分座儼嬋娟見卷四油額芙蓉帳香塵玳瑁筵補李白樂府玳瑁筵中懷裏醉芙蓉帳底奈君何劉楨瓜賦布象牙之席熏玳瑁之筵繡旗隨影合一作月影補白居易詩紅旗影動薄寒嘶金陳似波旋補漢郊祀詩月穆穆以金波注月光穆穆如金之波流也緹幕深回互補西京賦緹衣韎韐善曰字林緹帛丹黃色回

並詳卷四朱門暗接連補東方朔十洲記臣故舍韜隱而赴王庭藏養生而侍朱門矣郭璞遊僊詩朱門何足榮未若託蓬萊彩虯蟠畫戟見卷二花馬立金鞍補李白樂府五花馬千金裘白居易詩馬鬣剪三花有客將誰託詩有客有客無媒竊自憐補禮記男女非有行媒不相知名抑揚中散曲補嵇康傳康字叔夜拜中散大夫嘗莫宿華陽亭引琴而彈夜分忽有客詣之稱是古人與康共談音律辭致清辯因索琴彈之而為廣陵散聲調絶倫遂以授康漂泊孝廉船補張憑傳憑字長宗舉孝廉初欲詣劉惔同舉者笑之既至惔處之下座言旨深遠一座皆驚惔延之上座清言彌日留宿至旦遣之憑既還船須臾惔遣傳教覔張孝廉船便召與同載未展千時策徒抛負郭田蘇秦傳秦喟然歎曰且使我有洛陽負郭田二頃吾豈能佩六

國相印乎轉蓬猶邈爾補說文蓬蒿也陸佃曰葉散生遇風轍旋曹植雜詩轉蓬離本根飄颻隨長風嵇康詩邈爾相退懷橋更潸然懷橋注詳上詩潸焉出涕投足乖蹊徑補張衡應問捷徑邪至吾不忍以投步謝朓詩桃李成蹊徑冥心向簡編未知魚躍地補辛氏三秦記龍門在河東界每莫春有黃黑鯉魚自海及諸川爭來赴之得上者便化為龍否則暴顋點額而退空媿鹿鳴篇原注余嘗忝京兆薦名居其副補詩小序鹿鳴燕羣臣嘉賓也既飲食之又實幣帛筐篚以將其厚意然後忠臣嘉賓得盡其心矣稷下期方至補魯連子齊之辨者曰田巴辨於狙丘而議於稷下毀五帝罪三王一旦而服千人七略齊有稷城門也齊談說之士期會於稷下者甚衆漳濱病未痊原注三年抱疾不赴鄉薦試有司補劉楨詩余嬰沈痼疾竄身清漳濱定

非籠外烏補鶡冠子籠中之烏空籠不出世說郭元瑜少有拔俗之韻張天錫遣使備禮徵之元瑜指翔鴻示使人曰此烏安可籠哉真是殼中蟬淮南子蟬無口而鳴飲而不食三十日而蛻仲長蛻論蟬蛻亡殼蕙徑鄰幽澹荆扉興靜便杜甫詩長吟阻靜便補謝靈運詩還得靜者便草堂皆點點蔬圃一作圃水濺濺釣罷谿雲重樵歸澗月員嬾多成宿疢愁甚似春眠木直終難怨嵇康與山巨源絕交書足下見直木必不可以為輪膏明只自煎補漢書龔勝卒有父老哭之曰蘭以芳自燒膏以明自煎鄭鄉空健羨注見上陳榻未招延徐穉傳陳蕃為太守不接賓客惟穉來特設一榻去則懸之旅食逢春盡羈游為事牽宦無毛義檄嗣立

案後漢書廬江毛義字少卿家貧以孝稱南陽人張奉慕其名往候之坐定而府檄適到以義守令義捧檄而入喜動顏色奉心賤之自恨來固辭而去及義母死去官公車徵遂不至張奉歎曰賢者固不可測向者之喜為親屈也

婚乏阮修一作孚非錢嗣立案晉書阮修字宣子家貧年四十餘未有室王敦等斂錢為婚皆名士也時慕之者求入錢而不得

冉弱營中柳見卷八　披敷幕下蓮見卷四

儻能容委質呂氏春秋孔子周流海內委質而為弟子者三千人　非敢望差肩禮記行肩而不并注謂少者不可以肩齊長者當差退在後

澀劍猶堪淬嗣立案漢王褒聖主得賢臣頌及至巧冶鑄干將之樸清水淬其鋒越砥斂其鍔　餘朱或可研韓愈詩毋朱任磨研

從師當鼓篋禮記入學鼓篋孫其業也注見上　窮理久忘筌易窮理盡性以至於

命補莊子荃者所以得魚也得魚而忘荃注荃取魚籠折簡能榮瘁陸倕石闕銘新簡而爲盧九

遺簪莫棄捐補韓詩外傳少原之野有婦人刈著薪而失簪中澤而哭甚哀曰曩者吾刈著薪而亡我著簪是以哀非傷亡簪所以悲者不忘故也

韶光如見借補王勃春思賦若夫年臨九域韶光四極

寒谷變風煙劉向別錄鄒衍在燕有谷寒不生五穀鄒子吹律而温至生黍也

題翠微寺二十二韻原注太宗升遐之所補唐書地理志長安縣注太和谷有太和宮武德八年置貞觀十年廢二十一年復置曰翠微宮龍山爲苑元和中以爲寺長安志翠微宮在萬年縣外終南山之上杜甫詩雲薄翠微寺

邰土初成邑漢書公劉邑於豳師古曰即今之豳州是其地也呂氏春秋舜二年成邑

虞賓

竟讓王補尚書虞賓在位莊子讓王篇堯以天下讓許由乾符春一作初得位於是聖皇乃握乾符天弩夜收鋋漢天文志天廁下一星曰天矢嗣立案舊唐書武德九年六月庚申秦王以皇太子建成與齊王元吉同謀已率兵誅之詔立秦王為皇太子八月癸亥詔傳位於皇太子尊帝為太上皇徙居宏義宮改名太安宮偃息齊三代補司馬法古者武軍三年不興則樂凱歌偃伯靈臺荅人之勞告不興也優游念四方注見上已上敘太宗初得位事萬靈扶正寢魯靈光殿賦神靈扶其棟宇千嶂抱重岡幽石歸一作臨階陛喬柯入一作聳棟梁火雲如沃雪補杜甫詩火雲滋垢膩湯殿似含霜湯殿即溫泉宮注詳下澗籟添僊曲巖花惜御香野麋陪獸舞

尚書百獸率舞林鳥逐鷄行注見上鏡寫三秦色補漢書項羽三分關中立秦三將章邯為雍王都廢丘司馬欣為塞王都櫟陽董翳為翟王都高奴窗搖八水光關中記涇渭滻灞澇滈灃潏為關內八水問雲徵楚女高唐賦序楚襄王與宋玉遊於雲夢之臺望高唐之觀問玉曰此何氣也玉曰此所謂朝雲者也曰何謂朝雲玉曰昔者先王嘗遊高唐夢見一婦人曰妾巫山之女也聞君遊高唐願薦枕席疑粉試何郎補世說何平叔美姿儀面至白魏明帝疑其傅粉正夏月與熱湯餅既噉大汗出以朱衣自拭色轉皎然蘭芷承雕輦補李白宮中行樂詞選妓隨雕輦杉蘿入畫堂畫堂詳卷一受朝松露曉禮記諸侯北面曰朝頒朔挂煙涼補公羊傳天子玄冕視朔玉藻天子聽朔於南門之外干寶晉紀總論頒正朔於八荒嵐濕金

鋪外補司馬相如長門賦擠玉户以撼金鋪兮詳卷一谿鳴錦幄傍補徐君蒨詩樹斜牽
錦帔已上寶寫翠微宮以下專指易儲事以及太宗升遐也倚綠憂漢祖嗣立案西京雜記戚
夫人侍兒賈佩蘭說在宮內見戚夫人侍高帝嘗以趙王如意為言而高祖思之幾半日不言歎息悽愴而未
知其術輒使夫人擊筑高祖歌大風詩以和之又戚夫人善鼓瑟擊筑帝常擁夫人倚瑟而弦歌畢每泣下流
漣持璧告秦皇史記使者從關東夜過華陰平舒道有人持璧遮使者曰為我遺滈池君因言
曰今年祖龍死短景催風馭補杜甫詩歲莫陰陽催短景長星屬羽觴晉書孝武
帝紀長星見於華林園舉酒祝之曰長星勸汝一杯酒自古何有萬歲天子邪宋玉招魂瑤漿勺實羽觴些
儲君猶問豎左傳太子國之儲貳補漢書疏廣曰太子國儲副君詳卷三元老已登

牀詩方叔元老嗣立案晉衛瓘傳惠帝爲太子朝廷咸謂純質不能親政事瓘每欲啓廢之而未敢發後會宴陵雲臺瓘佯醉因跪帝牀前曰臣欲有所啓帝曰公何言瓘欲言而止者三因以手撫牀曰此座可惜帝意悟嗣立案舊唐書皇太子承乾廢魏王泰亦以罪黜太宗議立晉王治爲皇太子又欲立吳王恪高宗嗣位馴至武后革命唐祚幾絕此句似暗含諷刺

鶴蓋趨平樂

廣絕交論雞人曉唱鶴蓋成陰補三輔黃圖明帝永平五年至長安悉取飛廉并銅馬置之西門外爲平樂館

雞人下建章

補周禮雞人夜呼旦以嘂百官漢官儀宮中不得畜雞衞士候於朱雀門外傳雞唱漢書柏梁災越俗有火災復起屋必以大用勝服之於是作建章宮

龍鬚悲滿眼

補封禪書黃帝鑄鼎荆山下鼎既成有龍垂胡顊下迎黃帝黃帝上騎羣臣後宮從上者七十餘人餘小臣不得上乃悉持龍鬚龍鬚拔墮墮黃帝之弓百姓抱其

弓與胡髯號故後世因名其處曰鼎湖弓曰烏號螭首淚霑裳螭首注詳上嗣立案舊唐書太宗紀貞觀二十三年四月己亥幸翠微宮己巳上崩於含風殿疊鼓嚴靈仗見卷三吹笙送夕陽斷泉辭劍佩補賈至早朝詩劍佩聲隨玉墀步昏日伴旂常周禮日月為常交龍為旂遺廟青蓮在頹垣碧草芳無因奏韶濩注見下流涕對幽篁

過孔北海墓二十韻嗣立案後唐書孔融字文舉魯國人孔子二十世孫也幼有異才性好學博涉多該覽舉高第為侍御史董卓廢立融每因對答輒有匡正之言卓乃諷三府同舉為北海相歷官至將作大匠遷少府曹操既積嫌忌奏誅之下獄棄市淮陽志墓在

府治高士坊

撫事如神遇列子形接為事神遇為夢臨風獨涕零補古詩終日不成章泣涕零如雨墓平春草綠補江淹恨賦春草莫兮秋風驚秋風罷兮春草生綺羅畢兮池館盡琴瑟滅兮卯龐平碑折古苔青見卷三珪玉埋英氣山河孕炳靈蜀都賦近則江漢炳靈發言驚辨囿莊子公孫龍辨者之囿也補魏都賦聊為吾子復翫德音以釋二客競於辨囿也翩立案本傳融年十歲詣河南尹李膺門曰我是李君通家子弟膺請融問之曰先君孔子與君先人李老君同德比義而相師友則融與君累世通家衆坐莫不歎息陳煒後至坐中以告煒曰夫人小而聰了大未必奇融應聲曰觀君所言將不早慧乎膺大笑曰高明必為偉器摛翰動文星補杜

甫詩今夜文星動嗣立案本傳魏文帝深好融文辭歎曰揚班儔也募天下有上融文章者輒賞以金帛

蘊策期干世持權欲反經嗣立案虞浦江表傳獻帝嘗時見郗慮及少府孔融問融曰慮何所優長融曰可與適道未可與權激揚思壯志一作氣江淹恨賦中散下獄神氣激揚流落歎頹齡沈約詩頹齡儻能度嗣立案本傳融負其高氣志在靖難而才疎意廣迄無成功嗣立案孔融論盛孝章書五十之年忽焉已至公為始滿融又過二海內知識零落殆盡惡木人皆息陸機猛虎行渴不飲盜泉水熱不息惡木陰貪泉我獨醒廣州記貪泉在石門山西吳隱之詩古人云此水一歃懷千金試使夷齊飲終當不易心屈原漁父世人皆醉我獨醒輪轅無匠石莊子匠石之齊至乎曲轅見櫟社樹其大蔽牛絜之百圍觀者如市匠石不顧刀几有庖

丁莊子庖丁為文惠君解牛奏刀騞然莫不中音文惠君曰善哉技蓋至此乎碌碌迷藏器補文中子藏器以俟時

規規守挈缾左傳雖有挈缾之智守不假器憤容凌鼎鑊漢書刀鋸在前鼎鑊在後

公議動朝廷嗣立案本傳每朝會訪封融輒引正定議公卿大夫皆隸名而已

故國將辭寵補謝朓詩辭寵悲團扇危邦竟緩刑補文子法寬刑緩圄空虛

上卿廉一作鈍工磨白璧嗣立案史記虞卿說趙孝成王一見賜黃金百鎰白璧一雙再見爵上卿

凡石礪青萍補張叔及論青萍砥礪於鍔鍔陳琳答東阿王牋秉青萍干將之器注青萍劍名

揭日昭東夏補莊子孔子圍於陳蔡之間太公任往弔之曰子其意者飾智以驚愚修身以明汙昭昭乎如揭日月而行故不免也左傳初年謂趙文子曰服齊狄寧東夏

摶風滯北

溟莊子北溟有魚其名為鯤化而為鳥其名為鵬又水擊三千里搏扶搖而上者九萬里注搏飛而上也

後塵遵軌轍杜甫詩青雲滿後塵前席詠儀型漢賈誼傳上方受釐坐宣室因感鬼神事誼具道所以然之故至夜半文帝前席師古曰漸促近誼聽說其言也木秀當憂悴補李康運命論木秀於林風必摧之弦傷不底寧補戰國策鴈從東方來更羸以虛弓發而下之曰其飛徐者故創痛也悲鳴者久失羣也故創未息而驚心未去也聞弦者音烈而高飛故創隕也鮑昭東門行傷禽惡弦驚矜奮遭斥鷃奮古文誇字莊子斥鷃笑之曰我騰躍而上不過數仞翱翔蓬蒿之間此亦飛之至也而彼且奚適也光彩困飛螢補曹植求自試表螢燭末光爭輝日月白羽留談柄韻府大明禪師每執松枝談論號談柄清風襲德馨書明德惟馨鸞皇

嬰雪刃補西京雜記漢高祖斬白蛇劒十二年一加磨瑩刃上常若霜雪狼虎犯雲屏戰國策秦虎狼之國也補張衡七命雲屏爛汗蘭蕙荒遺址榛蕪蔽舊坰謝靈運詩遵渚騖修坰羨君雖不祿一作轢轢近沂水近一作遠猶得對一作何事戀明庭補漢郊祀志黃帝接萬靈明庭明庭者甘泉也

過華清宮二十二韻嗣立案唐書天寶六載改驪山溫泉宮曰華清宮治湯為池環山列宮殿

憶昔開元日案舊唐書玄宗立改元開元二十九年復改元天寶承平事勝遊嗣立案崔寔政論承平日久漸敝而不悟韓愈詩江山多勝遊貴妃專寵幸補楊貴妃傳妃資質天挺

專房宴宮中號孃字儀體與皇后等天寶初進冊貴妃**天子富春秋**漢高五王傳天子富於春秋**月白霓裳殿**嗣立案鄭嵎津陽門詩注葉法善嘗引上入月宮聞僊樂及歸但記其半遂於笛中寫之會西涼節度使楊敬述進婆羅門曲聲調相符遂以月中所聞為散序敬述所進為腔名霓裳羽衣也**風乾羯鼓樓**嗣立案南卓羯鼓錄羯鼓出外夷以戎羯之鼓故曰羯鼓其聲促急破空透遠特異衆樂明皇極愛之嘗聽琴未終遽止之曰速令花奴特特羯鼓來為我解穢十道志玄宗建溫泉宮又造玉女殿又有按歌臺羯鼓樓**鬪雞花萼鄰**嗣立案陳鴻祖東城老父傳玄宗治雞坊以賈昌為小兒長號為神雞童衣鬪雞服或從幸驪山昌冠雕翠金華冠錦袖繡襦袴導羣雞叙立於廣塲勝負既罷隨昌歸雞坊古今樂録宋少帝時南徐一士子從華山畿往雲陽見客舍女子悅之遂感心疾母至華山尋訪見女

女感之因脫薇郝令毋寵置其席下卧之當已少日杲差忽舉席見薇郝而抱持遂吞食而死

騎馬玉搔頭 嗣立案舊唐書玄宗凡有遊幸貴妃無不隨侍乘馬則高力士執轡授鞭西京雜記武帝過李夫人就取玉簪搔頭自此後宮人搔頭皆用玉玉價倍貴焉

繡轂千門仗 補漢書建章宮千門萬户

金鞍萬户侯 漢李廣傳萬户侯豈足道哉

薄雲欺 才調集作欵

崔扇 補南史齊高帝頗好畫扇宋孝武賜戢蟬雀扇善畫者顧景秀所畫時吳郡陸探微顧彥先皆能畫歎其巧絕戢因王晏獻之上令晏厚酬其意

輕雪犯貂裘 杜甫詩永夜攬貂裘

過客聞韶濩 樂緯舜樂曰韶殷樂曰大濩嗣立案文獻通考唐舊制於盛春殿内鍚宴宰輔及百辟備韶濩及九奏之樂設魚龍蔓延之戲三日方罷

居人識冕旒 補蔡邕獨斷漢明帝采尚書皐陶及周官禮記以定冕制天子冕七

寸長一尺二寸繫白珠於其端十二旒三公及諸侯九卿七氣和春不覺煙暖霽難收澀一作細浪和瓊才調集作酒瑤甃補天寶遺事奉御湯中甃以文瑤密石中央有玉蓮花捧湯泉噴以成池帝與妃子施小舟戲玩於其間晴陽上彩斿劉孝綽詩巖花映彩斿卷衣輕鬢一作髻嬾吳筠詩秦帝卷衣裳詳卷一補范靜婦滿顏映水曲輕鬢學浮雲窺鏡澹蛾羞杜甫虢國夫人詩卻嫌脂粉涴顏色澹掃蛾眉朝至尊屏掩芙蓉帳補梁簡文帝詩綺幕芙蓉帳簾褰玳瑁鉤補漢武故事上起神屋以白珠為簾箔玳瑁押之重瞳分渭曲補尸子舜為骿子是謂重瞳史記舜目蓋重瞳子又聞項羽亦重瞳子唐書地理志京兆府有渭南縣西十里有遊龍宮開元二十五年更置纖手指神州補詩纖纖女手史記中國名曰赤縣

神州河圖括地象崑崙謂東南地方五千里名曰神州帝王居之

御製迷萱草

嗣立案天寶遺事明皇與妃子幸華清宮因宿酒初醒凭妃子肩同看木芍藥帝親折一枝與妃子曰不唯萱草忘憂此花香艷尤能醒酒

天袍妒石榴

梁元帝烏栖曲芙蓉為帶石榴裾補萬楚詩紅裙妒殺石榴花

深巖藏浴鳳

初學記鳳神鳥也天老曰鳳過崑崙飲砥柱濯羽弱水莫宿丹宮

鮮隰媚潛蚪

詩度其鮮原謝靈運詩潛蚪媚幽姿嗣立案安祿山事蹟玄宗常夜宴祿山祿山醉臥化為一黑豬而龍首左右遽言之玄宗曰此豬龍也無能為者祿山將入朝乃令於溫泉為祿山造宅至溫泉賜浴正月一日是祿山生日後三日召祿山入內貴妃以繡綳子縛祿山令內人以綵輿舁之歡呼動地玄宗就觀之大悅深巖二句隱含諷刺又案杜甫湯東靈湫詩坡陀金蝦蟇出見蓋有由至尊顧之笑王母不肯收復歸虛無底化

作長黄蚪飛卿鮮隰媚潜蚪句又似從此脱化出不料來已上叙開元盛時事以下叙禄山亂後事

邯鄲蝨戰國策應侯謂秦王曰王得宛臨陳陽夏斷河内臨東陽邯鄲猶口中蝨也俄成郎

墨牛田單傳騎劫代樂毅攻即墨單收城中得千餘牛為絳繒衣畫以五彩龍文束兵刄於其角而灌脂束葦於尾燒其端牛尾熱怒而奔燕軍所觸盡死傷劍鋒揮太皡月令孟春之月其帝太皡鄭玄云宓犧也劍鋒未詳案越絕書楚王作鐵劍三枚晉鄭聞而求之不得興師圍楚之城三年不解於是楚王引太阿之劍登城而麾之三軍破敗士卒迷惑流血千里晉鄭之軍頭畢白也旗旓拂蚩尤補西京賦蚩尤秉鉞案韻會蚩尤黄帝臣獸身人語後叛大戰於涿鹿殺之畫其形於旗上又彗星一名蚩尤旗嗣立案皇覽蚩尤冢在東郡壽張縣闞鄉城中高七丈民嘗十月祀之有赤氣出如一匹絳名為蚩尤旗　上四

句謂祿山之叛也內變陪行在補左傳齊侯好內多寵內嬖如夫人者六人漢書徵詣行在所師古曰天子或在京師或出巡狩不可豫定故言行在所耳謂貴妃從幸也孤臣預坐籌漢張良傳臣請借前箸以籌之謂陳元禮之密啓也瑤簪遺翡翠異物志赤而雄者曰翡青而雌者曰翠飼立案後漢輿服志太皇太后皇太后入廟簪以玳瑁為摘長一尺端為花勝上為鳳雀以翡翠為毛羽梁費昶詩日照茱萸領風搖翡翠簪霜仗駐驊騮補穆天子傳右服驊騮而左騄駬郭璞曰驊騮色如華而赤今名馬驃赤者為棗騮上二句謂四軍不進也豔笑雙飛斷補詩豔妻煽方處北史苻堅滅燕慕容沖姊清河公主年十四有殊色堅納之沖年十二亦有龍陽之姿堅又幸之姊弟專寵長安歌之曰一雌復一雄雙飛入紫宮香魂一哭休徐注徐陵詩香魂何處來上二句謂國

忠貴妃之死也

早梅悲蜀道 補盧僎十月梅花詩君不見巴鄉春候中華別年年十月梅花發李白蜀道難云噫吁戲危乎高哉蜀道之難難於上青天

高樹隔昭邱 補謝朓詩思見昭陽邱善曰荊州圖楚昭王墓登樓賦所謂昭丘也通鑑太宗文德皇后長孫氏葬昭陵高祖神堯皇帝葬獻陵帝念后不已於苑中作層觀以望昭陵嘗引魏徵同登使視之徵熟視之曰臣昏眊不能見帝指示之徵曰臣以為陛下望獻陵若昭陵臣固見之矣注昭陵在西安府醴泉縣獻陵在陝西三原縣上二句謂改葬貴妃他所也

嗣立案舊唐書楊貴妃傳祿山叛潼關失守從至馬嵬禁軍大將陳元禮密啟太子誅國忠父子既而四軍不散玄宗遣力士宣問對曰賊本尚在蓋指貴妃也力士復奏帝不獲已與妃訣遂縊死於佛室時年三十八瘞於驛西道側上皇自蜀還密令中使改葬於他所初瘞時以紫褥裹之肌膚已壞而香囊仍在內官以獻上

皇覗之悽惋乃令圖其形於別殿

朱閣重霄近蒼崖萬古愁至今湯殿水鳴咽縣前流 補寰宇記驪山在昭應縣東南二里即藍田山也温泉在山下 嗣立案上黨馮班云此篇著意只在開元盛時禄山亂後便略與華清長恨不同

洞戶二十二韻 未詳 嗣立案徐箋云此篇詩意與前篇同 俞瑒云追惜昔遊而作只拈起二字為題亦義山錦檻之類耳

洞戶連珠網 補宋玉招魂網戶珠綴刻方連些 虞茂白紵歌雕軒洞戶青蘋吹 方疏隱碧潯 張協七命方疏含秀 杜甫詩松篘起碧濤 燭盤煙墜 一作墜 燼 梁簡文帝對燭賦挂同心之明燭施雕金之麗盤 補庾信對燭賦還卻燈檠下燭盤 簾壓月通陰 李白詩卻下水晶簾

玲瓏望秋月粉白僊郎署漢官儀省中皆胡粉塗壁故曰粉署白帖諸曹郎稱爲僊郎霜

清玉女磓地理志嵩山頂上有玉女擣帛磓石立秋人聞杵聲補杜甫詩三霜楚戶磓醉鄉

高窈窈醉鄉見卷四補長門賦天窈窈而晝陰綦陳靜愔愔補左傳祈招之愔愔杜預

曰愔愔安和貌嵇康琴賦愔愔琴德素手琉璃扇素手見卷三西域傳琉璃作流離大秦出李賀

詩琉璃疊扇煤玄髻玳瑁簪廣志玳瑁形似龜出巨延州補古樂府雙珠瑇瑁簪詳見卷四昔

邪看寄迹補張華情詩昔邪生戶牖嗣立案酉陽雜俎博邪在屋曰昔邪在牆曰垣衣廣志謂之蘭

香生於久屋之瓦魏明帝好之命長安西載箕瓦於洛陽以覆屋梁簡文帝薔薇詩綠階覆碧綺依檐映昔邪

梔子詠同心庾信詩不如山梔子猶解結同心嗣立案酉陽雜俎梔子諸花少六出者惟梔子花

六出陶貞白言梔子剪花六出刻房七道其花香甚即西
域薝蔔花也徐悱妻摘同心梔子贈謝孃因附此詩兩
葉雖為贈交情永未因同

樹列千秋勝 補釋名花勝草花也言人形容
心何處恨梔子最關人

正等著之則勝　案徐注舊唐書開元十七年八月癸
亥上以降誕日宴百官於花蕚樓下百寮上表請以每
年八月五日為千秋節王公已下獻鏡及承露囊
天下諸州咸令讌樂休暇三日仍編為令從之

樓縣七夕鍼 荆楚歲時記七夕婦人結綵縷穿七孔鍼補西
京雜記漢綵女常以七月七日穿七孔鍼於開襟
樓　案徐注開元遺事唐宮中七夕妃嬪各
執九孔鍼五色線向月穿之過者謂得巧

舊詞翻白紵 沈約詩夜長未央歌白紵嗣立案吳兢樂府古題要
解白紵歌案舊史白紵吳地所出白紵舞本吳舞梁
武帝令沈約改其詞為四時之歌若蘭葉參差桃半紅
即春日白紵曲也　案徐注異聞録明皇製霓裳羽衣

之曲詳見上

新賦換黃金

司馬相如長門賦序：武帝陳皇后時得幸頗妒，別在長門宮，愁悶悲思，聞相如工為文，奉黃金百斤為相如文君取酒，為文以悟主上，復得親幸。案徐注梅妃傳：妃姓江氏，莆田人，性喜梅，上以其所好，戲名曰梅妃，曰此梅精也。竟為楊氏遷於上陽東宮。妃以千金壽高力士，求詞人擬司馬相如為長門賦，欲邀上意。力士方奉太真，且畏其勢，報曰無人解賦。妃乃自作樓東賦。太真聞之，訴明皇曰：江妃庸賤，以庾詞宣言怨望，願賜死。又案吳兆宜云：楊貴妃傳：天寶九載，貴妃復忤旨，送歸外第。時吉溫與中貴人善，溫入奏曰：婦人智識不遠，有忤聖情，然貴妃久承恩顧，何惜宮中一席之地，使其就戮，安忍取辱於外哉。上即使力士召還。新賦換黃金句或指此也，二說未詳孰是。

唳鶴調蠻鼓

白帖：會稽有大鼓名雷門，有白鶴飛入鼓，於是洛陽亦聞其聲。嗣立案吳録：吳王夫差移於建康之宮南門，有雙鶴從鼓中而飛上

入雲中海錄碎事南蠻鑄銅為大鼓初成懸於亭乃置酒以召同類富女子以金銀為大釵叩鼓因名之曰銅鼓釵

驚蟬應寳琴補世說蔡邕在陳留鄰人召欵比往客有彈琴於屏邕至門潛聽之曰以樂召我而有殺心何也遂反主人追問其故邕具以告彈琴者曰我見螳螂方向鳴蟬蟬將去而未飛螳螂為之一前一却吾唯恐螳螂之失蟬也此豈為殺心而形於聲

舞疑鷁易度補傅毅舞賦軼態橫出瑰姿蜎起

歌轉斷難尋補謝偃聽歌賦似將絕而更連疑欲止而復舉

露委花相妒風敧栁不禁橋彎雙表迥補杜甫橋成詩天寒白鶴歸華表

池漲一篙深潘岳詩楚浪漲三篙

清蹕傳恢囿漢儀注皇帝輦左右侍帷幄者稱警出殿則傳蹕止行人清道也補韋孟諷諫詩惟囿是恢師古曰恢大也

黃旗幸上林補司馬德操與劉恭嗣書黃旗

紫蓋恒見東南謝朓詩黄旗映朱邸上林苑名見卷一

神鷹參翰苑

補宣室志鄴郡人有好育鷹隼者有人持鷹來告於鄴人鄴人遂市之其鷹甚神駿 案徐注新唐書玄宗紀開元二年四月停諸陵供奉鷹犬肅宗紀寶應元年建卯月停貢鷹鷂狗豹德宗紀大歷十四年五月罷諸州府及新羅渤海貢鷹鷂穆宗紀長慶二年十二月放五坊鷹隼及供獵狐兔文宗紀寶歷二年十二月縱五坊鷹犬宣宗紀大中元年二月放五坊鷹犬懿宗紀咸通八年縱神策五坊飛龍鷄鷹則鷹為唐之常貢可知矣

天馬破蹄涔

補漢天馬歌天馬徠從西極涉流沙九夷服淮南子牛蹄之涔無槩之鯉注牛馬迹中水曰蹄涔 案徐注新唐書王毛仲傳掖校內外閑廐知監牧使從帝東封取牧馬數萬匹每色一隊相間如雲錦天子才之

武庫方題品

補王隱晉書杜預為尚書損益萬機不可勝數號曰杜武庫言其無所不有

文園

有才調集好音司馬相如傳臨邛令前奏琴曰竊聞長卿好之願以自娛相如辭謝為鼓一再行後拜文園令卒

朱莖殊菌蠢補韓愈石鼎聯句龍頭縮菌蠢

丹桂欲蕭森吳都賦丹桂灌叢補張協詩荒楚鬱蕭森

黼帳冋瑶席補鮑照蕪城賦藻扃黼帳劉孝綽詩委座陪瑶席

華鐙對錦衾補西京雜記夕然九華之鐙詩錦衾爛兮

畫圖驚走才調集作畏獸徐注後魏道武帝造畏獸辟邪諸戲案馮班云衛協有畏獸圖

書帖得來禽唐李綽尚書故實王內史書帖中有與蜀郡太守求櫻桃來禽甘給藤子注言味好來眾禽也俗作林檎

河曙秦樓映補謝朓詩秋河曙耿耿古樂府日出東南隅照我秦氏樓

山晴魏闕臨補莊子中山公子牟謂瞻子曰身在江湖之上心存乎魏闕之下謝靈運詩子牟眷魏闕

綠囊逢趙后補漢外戚傳成帝許美人

生子趙后以頭擊壁戶柱啼泣不肯食詔使靳嚴持綠囊書予許許以葦篋一合盛所生兒緘封及綠囊報書予嚴后害之穿獄樓垣下為坎埋其中案徐注此刺貴妃之妒悍也梅妃傳後上憶妃遣小黃門滅燭密以戲馬召妃至翠華西閣繼而上失寤侍御驚報曰妃子已留閣前當奈何上披衣抱妃藏夾幙間太真歸私第上覓妃所在已為小黃門送令步歸東宮太真外傳妃子以妒悍忤旨令高力士送還楊銛宅力士探旨奏請載還送院中自茲恩遇日深後宮無得進幸矣

青瑣見王沈

嗣立案晉書王沈一封博陵侯一見文苑傳青瑣事俱未詳

任遠嫌孤憤

補司馬遷報任安書韓非囚秦說難孤憤注說難孤憤韓子之篇名也

踈傭諧九箴

本傳魏絳為晉侯引虞人之箴曰芒芒禹迹畫為九州徐注漢揚雄傳箴莫喜於虞箴作州箴晉灼曰九州之箴也

若為南遁客猶作臥龍吟

補蜀志諸

葛亮字孔明躬耕隴畝好為梁父吟徐庶言於先主曰諸葛孔明卧龍也漢晉春秋亮家於南陽之鄧縣號曰隆中

温飛卿集箋註卷六

温飛卿集箋註卷七

明 曾 益原註
長洲顧予咸補輯
顧嗣立重訂

送洛南李主簿

文苑英華作尉之官唐地理志洛南縣屬商州

想君秦塞外因一作應見遠一作楚山青槲葉曉迷路枳花春滿庭禄優仍侍膳官散得專經余亦還一作子敬懐愚谷

見卷六

歸心在翠屏杜詩注羊元所居山峰奇秀每據筇牀終日笑傲或偃卧看山曰此翠屏宜晚對

巫山神女廟補酈道元水經注丹山西即巫山宋玉所謂帝女居之名為瑤姬朝為行雲莫為行雨朝朝莫莫陽臺之下旦早視之果如其言故為立廟號朝雲焉方輿勝覽神女廟在巫山縣治西北二百五十步有陽雲臺

黯黯閑宮殿霏霏蔭薜蘿曉峰眉上色補飛燕外傳為薄眉號遠山黛春水臉前波補神女賦望余帷而延視兮若流波之將瀾古樹芳菲盡扁舟離恨多一叢斑一作湘竹夜博物志舜二妃曰湘夫人舜崩二妃啼以涙揮竹竹盡斑

環佩響如何（杜甫詩環佩空歸月夜魂）

地肺山春日（補案高士傳秦始皇時四皓共入商雒隱地肺山又案永嘉郡記地肺山在樂城縣東大縣中去岸百餘里又案陶隱居真誥金陵者句曲之地肺也水至則浮故曰地肺未詳孰是）

冉冉花明岸涓涓水繞山幾時拋俗事來共白雲閒

題陳處士幽居

松軒塵外客高竹（一作枕）自蕭疎雨後苔侵井霜來葉滿渠閒看鏡湖畫（地理志鏡湖以水明如鏡得名補李紳詩鏡湖亭上野花開鼓吹注鏡湖即鑑

湖在越州即今紹興府也時一作秋得越僧書若待前谿月見卷二誰人伴釣魚

握樂府詩集作屈柘詞嗣立案樂府雜錄健舞曲有柘枝軟舞曲有屈柘樂苑羽調有柘枝曲商調有屈柘枝此舞因曲為名用二女童帽施金鈴抃轉有聲其來也於二蓮花中藏花坼而後見對舞相占實舞中雅妙者也

楊柳縈橋綠玫瑰拂地紅補西京雜記樂遊苑自生玫瑰樹繡衫金騕褭花髻玉瓏璁宿雨香濳潤春流水暗通畫樓初夢斷晴才調集作曉日照湘風見卷三

處士盧岵山居一作題盧處士居

西谿問樵客遥識主一作指楚人家古樹老連石急泉清露沙千峰隨雨暗一徑入雲斜日莫鳥飛散一作飛雅集滿山一作庭蕎麥花補蕎麥高一二尺赤莖開小白花結實有小角粉亞於麥麵一名烏麥

初秋寄友人

閒夢正悠悠涼風生竹樓夜琴知欲雨曉簟覺新秋獨鳥楚山遠一蟬關樹愁憑將離別一作別離恨江水一作外問同一作東遊

題豐安里王相林亭二首 原注公明太玄經唐地理志在建業城南

花竹有薄埃嘉遊集上才白蘋安石渚紅葉子雲臺 補劉禹錫陋室銘南陽諸葛廬西蜀子雲亭 朱戶雀羅設 史記鄭當時傳下邳翟公為廷尉賓客填門及廢門外可設雀羅 黃門馭騎來 補初學記黃門侍郎秦官也漢因之 不知淮水濁 建業志秦淮水貫城內王謝環而居之補王氏家譜初王導渡淮使郭璞筮之曰吉無不利淮水絕王氏滅 丹藕為誰開

偶到烏衣巷 方輿勝覽烏衣巷在秦淮南去朱雀橋不遠王謝子弟所居 含情更惘然西州曲隄柳 補山謙之丹陽記揚州廨王敦所創開東西南三門俗謂之西州 東府

舊池蓮

補丹陽記東府城地晉簡文爲會稽王時第也東則丞相會稽王道子府道子領揚州故俗稱東府

星坼悲元老晉書永康元年中台星坼張華少子韙勸華遜位雲歸送墨僊補葛洪神僊傳班孟不知何許人也嚼墨一噴皆成字竟紙各有意義誰知濟川檝尚書若濟大川用汝作舟楫今作野人船補晉郭翻傳翻乘小船歸武昌安西將軍庾翼躬往造翻以其船小欲引就大船翻曰此固野人之舟也庾信詩終見野人船

早秋山居

山近覺寒早艸堂霜氣晴樹彫窗有日池滿水無聲果落見猿過葉乾聞鹿行素琴機慮靜一作息江淹恨賦素琴晨張空

伴夜泉清

和友人盤石寺逢舊友

楚寺上方宿（僧舍最深處曰上方補維摩經汝注上方界分度四十二恒河沙佛土）滿堂皆舊遊月谿逢遠客煙浪有歸舟江館白蘋夜水關紅葉秋西風吹莫雨汀艸更堪愁

送人南遊

送君遊楚國江浦樹蒼然沙淨有波迹岸平多艸煙角悲臨海郡月到渡淮船唯以一杯酒（王維渭城曲勸君更盡一杯酒西出）

陽關無故人

相思高楚一作隔遠天

贈鄭處士

飄然隨釣艇，雲水是天一作天涯古詩各在天一涯。紅葉下荒井，碧梧侵古槎。醉收陶令菊續晉陽秋陶潛九日無酒出宅邊東籬下菊叢中摘花盈把未幾望見白衣人至乃太守王宏轉致麗通之餽酒至遂即酣飲，貧賣邵平瓜補史記邵平者故秦東陵侯秦破為布衣貧種瓜於長安城東瓜美故時俗謂之東陵瓜從邵平始也。更有相期處，南籬一樹花。

江岸即事

水容侵古岸峰影度青蘋宋玉風賦夫風起於青蘋之末詳卷四廟竹唯

聞鳥江帆不見人雀聲花外暝客思柳邊春別恨轉難

盡年年一作行行汀艸新

贈隱者

茅堂對薇蕨鑪暖一裘輕醉後楚山夢覺來春鳥聲采

茶谿樹綠煮藥一作茗石泉清不問人間事忘機過此生

渚宮晚春寄秦地友人一統志渚宮在江陵故城東南梁元帝即位渚宮即此補郡縣志渚宮楚別宮也

風華已眇然獨立思江天補杜甫詩獨立萬端憂鳧雁野塘水補劉楨詩方塘含白水中有鳧與雁牛羊春草煙秦原晚一作曉重疊灞浪夜潺湲補漢書注灞水出藍田谷詳卷四今日思歸客愁容滿一作在鏡前一作縣

碧磵驛曉思

香燈伴殘夢楚國在天涯月落子規歇滿庭山杏花

送并州郭書記補唐地理志太原府太原郡本并州開元十一年為府

賓筵得佳客侯印有光輝補胡廣漢官儀諸侯王印黃金龜紐候騎不傳

箭何遜詩候騎出蕭關杜甫詩青海無傳箭補新唐書吐蕃傳其舉兵以七寸金箭為契一百一驛有急兵驛人臆前加銀鶻甚急銀鶻益多回文空上機陳後主詩上林書不歸回文徒自織塞塵一作城牧一作收馬去烽火射雕歸李唐傳唐為上郡太守匈奴入上郡上使中貴人從廣勒習兵擊匈奴中貴人者將數十騎從見匈奴三人與戰射傷中貴人殺其騎且盡中貴人走廣廣曰是必射雕者也廣乃從百騎往馳三人殺其二人生得一人果匈奴射雕者也唯有嚴家瀨補嚴光傳光耕於富春山後人名其釣處為嚴陵瀨回環徑艸微

贈越僧岳雲一作雪二首

世機消已盡巾屨一作屨亦飄然一室故山月滿缾秋澗

泉禪菴過微雪鄉寺隔寒煙應共白蓮客補樂邦文類贊寧結社法集文晉宋間廬山慧遠化行潯陽高人逸士輻輳於東林皆願結香火時雷次宗宗炳張詮劉遺民周續之等共結白蓮華社立彌陀象求願往生安養國謂之蓮社相期松桂前

蘭亭舊都講補海錄山陰縣西南有蘭渚渚有亭曰蘭亭何延之蘭亭記永和九年三月三日琅邪王羲之與太原孫統孫綽廣漢王彬之陳郡謝安高平郗曇太原王蘊釋支遁并其子凝之徽之操之等四十有二人會於會稽山陰之蘭亭修祓禊之禮世說支公與許掾在會稽王齋頭支為法師許為都講今日意如何有樹關深院無塵到淺沙一作莎僧居隨處好人事出門多不及新春雁年年鏡水波補輿地志山陰南湖縈帶郊郭

白水翠巖互相暎發若鏡若圖故王逸少云山陰路上行如在鏡中遊

詠山雞

禽經山雞一名鵕鸃

萬壑動晴景山禽凌翠微補左思蜀都賦鬱芬蒀以翠微劉淵林曰翠微山氣之輕縹也繡翎翻草去紅嘴啄花歸補禰衡鸚鵡賦紺趾丹嘴巢暖碧雲色影孤清鏡輝異苑山雞愛其毛羽暎水則舞魏武時南方獻之帝欲其鳴舞而無由公子蒼舒令置大鏡其前雞鑒形而舞不知止遂乏死不知春樹伴何處又分飛

清旦題采藥翁草堂

幽人尋藥徑來自曉雲邊衣溼朮花雨語成松嶺煙解

藤開澗户孔稚圭北山移文澗户摧絶無與歸躡石過谿泉林外晨光連

杜甫詩小雨晨光内山昏鳥滿天

商山早行

晨起動征鐸客行悲故鄉雞聲茅店月人迹版橋霜關中記版橋在商州北四十里三洲歌送離版橋灣槲葉落山路枳花明驛牆因思杜陵夢漢書元康元年以杜東原上為初陵更名杜縣為杜陵三輔黃圖宣帝杜陵在長安城南鳧雁滿回塘

題竹谷神祠文苑英華作題谷神廟

蒼蒼松色一作竹晚一徑入荒祠古樹風吹馬虛廊日照旗煙煤朝奠處風文苑英華作雲雨夜歸時寂莫湘江一作東湖客空看蔣帝碑見卷一

途中有懷

驅車何日閒擾擾路岐一作岐路閒歲莫自多感客程殊未還亭臯汝陽道上林賦亭臯千里靡不被築服虔曰臯澤也隄以十里一亭地理志汝陽在河内郡風雪穆陵關左傳東至於穆陵臘後寒梅發補杜甫江梅詩梅蘂臘前破梅花年後多誰人在故山補張協雜詩流波戀舊浦行雲思故山

經李處士杜城别業

憶昔幾遊集杜甫詩終非饜遊集今來倍歎傷百花情易老一笑事難忘白社已蕭索補逸士傳董威在洛陽隱居白社青樓空豔陽不閑雲雨夢猶欲過高堂

登李羽士東樓

經客有餘音他年終故林高樓本危睇涼月更傷心此境竟難圻一作誰訴伊人成古今流塵其可欲補劉鑠詩堂上流塵生非復嬾鳴琴

題僧泰恭院二首

昔歲東林下見卷四深公識姓名高僧傳竺法潛業慈清淨不耐風塵考室剡谿仰山爾來辭半偈見卷四空復歎勞生憂患慕禪味寂寥遺世情所歸心自得何事倦塵纓孔稚圭北山移文今見解蘭縛塵纓微生竟勞止詩民亦勞止晤言猶是非出門還有淚補阮籍傳時率意獨駕不由徑路車迹所窮輒慟哭而返看竹暫忘機用王徽之事見卷八爽氣三秋近浮生一笑稀故山松菊在終欲掩柴扉

西遊書懷

渭川通野戍有路上桑乾地理志桑乾一名漯水在今保安古涿鹿地獨鳥青天莫驚磨赤燒殘高秋辭故國昨日夢長安客意自如此非關行路難

送人東遊一作歸

荒戍落黃葉月令季冬之月艸木黃落漢武帝秋風辭艸木黃落兮雁南歸浩然離故關補庾信詩函谷故關前高風漢陽渡地理志漢陽在漢水之陽今漢口初日郢門山三楚記荊門山在大江之南與虎牙相對即郢門山江上幾人在天涯孤櫂還何當重相見尊酒慰離顏

寄山中友人

惟昔有歸趣今茲固願言（左傳無令孤我願言）嘯歌成往事（詩其嘯也歌）風雨坐涼軒時物信佳節歲華非故園固（一作因）知春草色何意為王孫（見卷二）

偶題

孔雀眠高樹（才調集作閣　補太平廣記引紀聞羅州山中多孔雀雌者短尾無金翠雄者生三年有小尾五年成大尾始春而生三四月後復彫與花萼相榮衰自喜其尾凡欲山棲必先擇有置尾之地然後止焉）櫻桃拂短檐畫明金冉冉（補畫苑唐人畫工多用泥金塗之）箏語玉

纖纖補白居易箏詩甲鳴銀玓瓅柱觸玉玲瓏細雨無妨燭輕寒不隔簾欲將紅錦段張衡詩美人贈我錦繡段因夢寄江淹嗣立案徐注南齊書江淹夢一人自稱張景陽謂曰前以一匹錦相寄今可見還淹探懷中得數尺與之自爾淹文章日躓

贈考功盧郎中

白首方辭滿見卷四荊扉對渚田陶潛詩荆扉晝常閑雪中無陋巷醉後似當年一筏負山藥兩缾攜澗泉夜來風浪起何處認漁船

題蕭山廟唐地理志越州會稽郡有蕭山縣案越志蕭山句踐與夫差戰敗以餘兵棲此

四顧蕭然故名一名蕭然山一云蕭然山即航塢山有白龍王廟在

故道木陰濃（一作穠）荒祠山影東杉松（一作松杉）一庭雨幡蓋

滿堂風客奠晚沙（一作晚莎）濕馬嘶春（一作秋）廟空夜深雷電

（一作池上）歇龍入古潭中

春日寄岳州從事李員外二首（補唐書岳州巴陵郡本巴州武德六年更名藝文志李遠字求古大中建州刺史詩集一卷郝天挺鼓吹注太和五年進士蜀人也累官歷忠建江刺史終御史中丞）

荏弱樓前柳輕空花外窗蝶高飛有伴鶯早語無雙翦

勝裁春字漢書注勝婦人首飾也漢代謂之華勝詳卷三開屏見曉江從來共

請戰今日欲歸降

從小識賓卿恩深若弟兄相逢在何日此别不勝情紅

粉座中客彩斿江上城尚平婚嫁累補後漢書向長字子平隱居不仕男女娶嫁既畢敕斷家事勿相關當如我死也與同好北海禽慶俱遊五岳名山不知所終魏隷高士傳向長作尚長無路逐雙旌

和段少常柯古補古今詩話段成式字柯古文昌之子博學強記多奇篇祕籍終太常少卿

稱觴慙座客杜甫詩獻壽更稱觴懷刺即門人見卷六素尚一作向寧知貴補任昉王儉集序或德標素尚清譚不厭貧補劉楨詩清談同日夕晉王衍傳衍補元城令終日清談野梅江上晚隄柳雨中春未報淮南詔何勞問白蘋

海榴紫博物志張騫使西域得塗林安國石榴種以歸一云來從海外新羅國又名海榴

海榴開似火隋煬帝詩海榴開欲盡補梁元帝石榴詩燃燈疑夜火先解報春風補孔紹應制詠石榴詩只為來時晚開花不及春葉亂裁牋綠花宜插鬢紅補梁元帝石榴詩葉翠如新翦花紅似故裁陳後主詩佳人早插髻試立且裵回蠟珠攢作蔕補應

貞石榴賦膚折理阻爛若珠駢夏侯湛石榴賦接翠萼於綠蔕緗綵翦成叢補張協石榴賦素粒紅液金房緗隔鄭驛多歸思漢書鄭莊常置驛馬長安諸郊請謝賓客杜甫詩鄭驛正留賓相期一笑同

李先生別墅望僧舍寶剎因作雙聲嗣立案南史王玄謨問謝莊曰何者為雙聲疊韻答曰玄瓠為雙聲磝碻為疊韻吟窗雜錄留連千里賓獨待一年春此頭雙聲句也我出崎嶇嶺君行磝碻山此腹雙聲句也野外風蕭索雲裏日朦朧此尾雙聲句也

棲息消心象檐楹溢豔陽簾櫳蘭露落鄰里柳一作樹陰

凉高閣過空谷孤竿隔古岡潭廬同澹蕩彷彿復芬芳

數水小桃盛開因作一本作絶句二首誤補舊唐書元稹傳俄分司東都詔召稹還次敷水驛新書華陰縣注有敷水渠

敷水小橋東娟娟一作涓涓照露叢所嗟非勝地杜甫詩勝地石堂偏堪恨是春風二月豔陽節一枝惆悵紅定知留不住吹落路塵中

温飛卿集箋註卷七

溫飛卿集箋註卷八

明　曾益原註

長洲顧予咸補輯

顧嗣立重訂

寄山中人

月中一雙鶴石上千一作百尺松嗣立案王韶之神境記滎陽郡南有石室室後有孤松千尺常有雙鶴晨必接翮夕輒偶影相傳昔有夫婦隱此室化為雙鶴素琴入爽籟補嵇

康贈秀才詩習習谷風吹我素琴王勃滕王閣序爽籟發而清風生山酒和春容見卷二幽

瀑有時一作聞斷片雲無所從何事蘇門生一作嘯阮籍傳籍嘗於蘇門山遇孫登與商確終古及栖神道氣之術登皆不應籍因長嘯而退至半嶺聞有聲若鸞鳳之音響乎巖谷乃登之嘯也攜手東南峰李白詩盧山東南五老峰

送淮陰孫令之官補唐書地理志淮陰縣屬楚州武德七年省乾封二年析山陽復置

隋隄楊柳煙補隋書煬帝自版渚引河作街道植以楊柳名曰隋隄一千三百里孤櫂正

悠然蕭寺通淮戍杜陽雜編梁武帝好佛造浮屠命蕭子雲飛白大書曰蕭寺至今一字猶

存蕪城枕楚田一作壖地理志蕪城揚州治北即邗溝城補鮑照蕪城賦注宋孝武時昭爲臨海王子頊參軍隨至廣陵子頊叛逆昭見廣陵故城荒蕪乃漢吳王濞所都昭以子頊事同於濞遂爲賦以諷之魚鹽橋上市隋書淮陰城北半里爲跨下橋十里爲杜康橋燈火雨中船杜甫詩江船火獨明故老青蘋岸先知處子賢補呂氏春秋處子賤治亶父三年巫馬旗短褐衣敝裘而往觀化於亶父見夜漁者得則舍之巫馬旗問馬曰漁為得也今子得而舍之何也對曰處子不欲人之取小魚也所舍者小魚也巫馬旗歸告孔子曰處子之德至矣

宿輝公精舍高僧傳漢明帝於城外立精舍即白馬寺是也

禪房無外物荀子內省則外物輕清活此宵同林彩水煙裏磵聲

山月中橡霜諸壑霽廣韻橡櫟實也本草橡堪染用一名皁斗其實作梂似栗實而小

杉火一鑪紅爾雅翼檆木類松而勁直葉附枝生若刺鍼擁褐寒更徹心知覺路通

旅泊新津却寄缺一二知己補唐書蜀州唐安郡有新津縣西南二里有遠濟堰分四筒穿渠溉眉州通義彭山之田

維舟息行役霽景近江邨并起別離恨一作念一作思似一作聞

歌吹喧高林月初上遠水霧猶昏王粲平生感三國志王粲字仲宣山陽人獻帝西遷粲從至長安以西京擾亂乃之荆州依劉表後太祖辟為右丞相掾魏國建為侍中卒

登臨幾斷魂荆州記富陽縣城樓王仲宣登之而作賦

贈僧雲棲

麈尾與邛杖名苑鹿大者曰麈羣鹿隨之視麈尾所轉而往古談者執焉詳卷三漢張騫傳騫在大夏時見邛竹杖蜀布問安得此大夏國人曰吾賈人往市之身毒國身毒國在大夏東南可數千里幾年離石壇梵餘林雪厚補異苑陳思王植嘗登魚山忽聞巖岫裏有誦經聲清遒深亮遠谷流響不覺斂襟祇敬便效而則之今梵唱皆植依擬所造棊罷岳鐘殘開局喜先悟任昉策文開卷獨行漱餅知早寒淮南子覯餅中冰而知天下之寒衡陽寺前雁地理志衡陽有回雁峰雁至此則不進今日到長安

雪夜與友生同宿曉寄近鄰

閉門羣動息（陶潛詩日入羣動息）積雪透疎林有客寒方覺無聲曉已深正繁聞近雁并落起棲禽寂寞寒塘路憐君獨阻尋（英華注云集作履迹行當滿依依欲阻尋）

題造微禪師院

夜香聞偈後岑寂掩雙扉照竹燈和雪看松月到衣艸堂疎磬斷（補梁簡文帝艸堂記周顒以蜀艸堂寺林壑可懷乃于鍾嶺學館立寺因名艸堂亦號山茨）江寺故人稀惟憶湘南雨春風獨鳥歸

正見寺曉別生公

清曉盥秋水說文盥澡手也高窗留夕陰初陽到古寺宿鳥起

寒林香火有良願見卷四宦名非素心陶潛詩素心正如此靈山緣

未絕法華科注靈山靈鷲山也又名狼跡山前佛今佛皆居此地既是靈聖所居呼為靈山他日

重來一作相尋

旅次盱眙縣補唐書地理志武德四年以縣置西楚州八年州廢隸楚州光宅初曰建中後復故名

離離麥擢芒詩彼黍離離副立案俞瑒云潘岳射雉賦麥漸漸以擢芒楚客思一作意

偏傷波上旅愁起天邊歸路長孤棹（一作帆）投楚驛（一作岸）殘月在淮檣外杜三千里（漢書元后傳百姓歌曰五侯初起東陽最怒壞決高都連竟外杜注長安有高都水杜里既壞決高都作殿復衍及外杜里）誰人數雁行

鄠郊別墅寄所知（漢書扶風有鄠縣）

持頤望平綠萬景集所思南塘過新雨百草生容姿幽鳥不相識美人何（一作如）可期徒然委搖蕩惆悵春風時

京兆公池上作（漢書地理志京兆尹故秦內史高帝元年屬塞國九年復為內史武帝建元六年分為右內史太初元年更為京兆尹）

稻香山色疊魏文帝書江表惟長沙名有好米何得比新城秔稻耶上風吹之五里聞香平野杜甫詩平野入青徐蓮少一作折舟行遠萍多釣下遲壞隄泉落處涼簟雨來時京口兵堪問一作用晉書郗愔在北府徐州人多勁悍桓溫恒云京口酒可飲兵可用何因入夢思

盧氏池上遇雨贈同游一有者字

簟翻涼氣集谿上潤殘棊萍縐風來後荷喧雨到時寂寥一作莫閑望久飄灑獨歸遲無限松江恨煩君解釣絲

題薛昌之所居

所得乃清曠邱遲詩豈徒轉清曠寂寥常掩關江淹詩山中信寂寥獨來春

尚在相得莫方還花白風露晚柳清街陌閒釋名道四通曰街南北曰阡東西曰陌翠微應有雪窗外見南山

東歸有懷

晴川通野一作古陂此地昔傷離一去迹長在獨來心自知王維詩興來每獨往勝事空自知鷺眠荄葉折魚靜蓼花垂見卷四無限高秋淚扁舟極路岐補淮南子楊子見岐路而哭之為其可以南可以北

休澣日西掖謁所知因成長句鮑照詩休澣自公日補漢書張安世

休沐未嘗出如淳曰五日得下一沐洛陽故宮銘洛陽宮有東掖門西掖門漢書注掖門在兩旁若人之臂掖

赤墀高閣自從容補禮記天子赤墀漢書注省中以丹漆漆地玉女窗扉報曙鐘魯靈光殿賦玉女窺窗而下視哀江南賦倚弓于玉女窗扉日麗九華一作門青瑣闥漢舊儀給事黃門侍郎每日莫向青瑣門拜謂之夕郎補范雲詩攝官青瑣闥雨晴雙闕翠微峰漢書蕭何治未央宮立東闕北闕鮑昭詩雙闕似雲浮何遜詩高山鬱翠微毫端蕙露滋僊艸補沈約碑究八體於毫端琴上熏風入禁松琴操虞舜南風歌南風之熏兮可以解吾民之慍兮琴譜風入松琴曲也荀令鳳池春婉娩一作晼晚晉書荀勗自中書監

為尚書令或有賀之者曰奪我鳳凰池諸君賀我耶補楚辭白日晩晩其將入兮好將餘潤變一作拂魚龍

博山攷古圖博山鑪象海中博山下盤貯湯潤氣蒸香象海之四環

博山香重欲成雲梁昭明太子博山鑪賦似慶雲之呈色錦段機絲妒鄂君鄴中記錦有大博山小博山說苑鄂君乘青翰之舟張翠華之蓋越人擁楫而歌於是鄂君舉繡被而覆之粉蝶團飛花轉影彩鴛雙泳水生紋西京雜記丁諼作九層博山香鑪鏤為奇禽怪獸窮諸靈異皆自然運動青樓二月春將半碧尾千家日未曛劉騊駼詩縹碧以為尾見說楊朱無限淚豈能空為路岐分

送盧處士一作生游吳越

羡君東去見殘梅唯有王孫獨未回吳苑夕陽明古堞

嗣立案俞瑒云吳越春秋闔閭治宮室立射臺華池南城宮出入游卧秋冬治於城中春夏於城外詳文卷一

越宮春艸上高臺越絶書句踐自吳歸范蠡觀天文擬治紫宮築城城成有山自琅邪東武海中飛來蠡曰天地卒鄉以著其實名東武起離宮靈臺駕臺燕臺中夜臺句踐嘗休息於此中波生

野水渚一作雁初下風滿驛樓潮欲來試逐漁舟看雪浪

幾多江燕荇花開釋名荇接余也花黃六出浮水上詩參差荇菜

過新豐

補漢書京兆新豐秦曰驪邑高祖七年置三輔舊事太上皇不樂關中思慕鄉邑高

祖從豐沛酤酒煮餅商人立為新豐

一劒乘時帝業成嗣立案俞瑒云漢書漢亡尺土之階由一劒之任五載而成帝業沛中鄉里到咸京史記高祖沛豐邑中陽里人寰區已作皇居貴風月猶含白社情漢書郊祀志高祖禱豐枌榆社晉灼曰枌白榆社在豐東北十五里泗水舊亭秋艸變一作徧史記高祖為泗上亭長千門遺瓦古苔生至今留得離家恨雞犬相聞落照明西京雜記高祖既作新豐并移舊社衢巷棟宇物色惟舊男女老幼相攜路首各知其室故犬羊雞鴨於通衢亦競識其家文中子雞犬相聞

過潼關補杜氏通典潼關本名衝關言河流所衝也雍録潼關在華州華陰縣東北三十九

里關西一里有潼水因以爲名

地形盤屈帶河流關中記秦地多複疊四面積高故曰雍形勝之國也西都賦帶以洪河景氣澄明是勝遊十里曉雞關樹暗一作靜孟嘗君傳關法雞鳴而出客一行寒雁隴雲愁杜甫詩寒雁一行鳴片時無事谿泉好盡日凝眸岳色秋地理志華山一名華岳在潼關西塵尾角巾應曠望補王維桃源行山開曠望旋平陸詳見上更嗟芳靄隔秦樓

題西平王舊賜屏風補舊唐書李晟字良器隴右臨洮人充復京城德宗朝官至太尉中書令封西平郡王

曾向金扉玉砌來魯靈光殿賦排金扉而北入百花鮮溼隅塵埃披香殿下櫻桃熟三輔黃圖武帝時後宮八區中有披香殿結綺樓前芍藥開見卷四朱鷺已隨新鹵簿孔穎達詩疏義楚襄王時有朱鷺合沓飛翔而來舞故鼓吹曲以朱鷺為首補蔡邕獨斷天子車駕次第謂之鹵簿大駕則公卿奉引大將軍參乘太僕御屬車八十一乘備千乘之騎祠天於甘泉備之名曰甘泉鹵簿黃酈猶識一作溼舊池臺見卷三世間剛有東流水一送恩波更不回補古樂府長歌行百川東到海何日復西歸

河中陪帥鼓吹作節度遊鼓吹有河字亭

倚闌愁立獨裵回欲賦慙非宋玉才王逸楚詞序宋玉屈原弟子滿

座山光搖劒戟繞城波色動樓臺鳥飛天外斜陽盡人過橋心一作邊倒影來添得五湖多少恨柳花飄蕩似寒梅

和趙嘏題岳寺 補唐書趙嘏字承祐山陽人會昌三年進士大中間仕至渭南尉有渭南集二卷又編年詩二卷杜紫微覽其長安秋望殘星幾點雁橫塞長笛一聲人倚樓一聯賞詠不已因稱為趙倚樓 地理志西岳華山寺在山麓

疎鐘細響亂鳴泉客省高臨似水天嵐翠暗來空覺潤 補謝靈運詩夕曛嵐氣陰 澗茶餘爽不成眠越僧寒立孤鐙外岳月

秋當萬木前張郃宦情何太薄謝靈運詩偶與張郃合注漢書張良曰今以三寸舌為帝師封萬户位列侯此布衣之極於良足矣願棄人間事欲從赤松子學道輕舉又琅邪郃漢亦有清行兄子曼容亦養志自脩為官不肯過六百石輒自免去遠公窗外有池蓮高僧傳沙門釋惠遠高卧冥頤至潯陽見廬峰清靜始住龍泉精舍池種白蓮

蘇武廟漢書蘇武字子卿為後中監使匈奴十九年歸拜為典屬國病卒

蘇武魂銷漢使前蘇武傳昭帝即位匈奴與漢和親漢使至匈奴常惠請其守者與俱得夜見漢使教漢使對單于言天子射上林中得雁足有係帛書言武在某澤中使如惠言單于驚謝江淹別賦黯然銷魂古祠高樹兩茫然雲邊雁斷一作落胡天月隴上羊

歸塞草煙（蘇武傳匈奴徙武北海上無人處使牧羝羝乳乃得歸九邊志榆林漢月氏國爲武牧羝處）回日樓臺非甲帳（漢武故事以琉璃珠玉明月夜光錯雜天下珍寶爲甲帳其次爲乙帳甲以居神乙以自居）去時冠劍是丁年（李陵答蘇武書丁年奉使皓首而歸）茂陵不見封侯印空向秋波哭逝川

途中偶作（一作送客）

石路荒唐（才調集作涼）接野蒿西風吹馬利如刀小橋連驛楊柳晚（才調集作莫程投驛蕙蘭靜）廢寺入門禾黍高雞犬夕陽喧縣市鳧鷖秋水曝城壕（嗣立案郝天挺注詩鳧鷖在涇江淹詩飲酒出城壕）故山

有夢不歸去官樹一作路陌塵何太勞

寒食前有懷

萬物相鮮一作鮮華華一作明雨作晴郭璞詩容色更相鮮春寒寂一作戚歷近清明殘芳荏苒雙飛蝶江淹詩百年信荏苒晚一作晚睡朦朧百囀鸎舊侶一作約不歸成獨酌故園雖在有誰耕悠然便一作更起嚴灘恨見卷七一宿東風蕙草生

宿雲際寺長安志雲際山大安寺在鄠縣東南六十里隋仁壽元年置居賢捧日寺

白蓋微雲一徑深東峰一作風弟子遠相尋禪喜録皈依佛法曰弟子

蒼苔路熟僧歸寺紅葉聲乾鹿在林高閣清香生靜境補杜甫詩心清聞妙香夜堂疎磬發禪心江淹詩禪心莫不雜自從紫桂巖前別不見南能直至今補傳燈錄六祖慧能大師姓盧氏母感異夢因有娠六年乃生豪光騰空黎明有僧來語曰此子可名彗能惠者以法惠濟衆生能作佛事語畢不知所之舊唐書神秀同學僧慧能者與神秀行業相埒能住韶州廣果寺神秀為奏則天請追慧能赴都慧能固辭曰吾南中有緣不可違也竟不度嶺而死天下乃散傳其道謂神秀為北宗慧能為南宗

寄李外郎遠一作岳州李員外遠又一作肱

含嚬不語坐搘一作持頤天近一作遠樓高宋玉悲宋玉九辯悲哉

秋之為氣也湖上殘棊人散後楚中記岳州有青草湖岳陽微雨鳥歸遲岳陽樓見卷五早梅猶得回歌扇李賀詩渡口梅風歌扇薄春水還應理釣絲獨有袁安疑作宏正一作易顦顇袁宏傳宏字彥伯謝仁祖鎮牛渚秋夜乘月與左右微服渡江會宏在舫中諷詠聲既清朗辭又藻拔遂駐聽久之遣問焉荅云是袁臨汝郎誦詩楚詞漁父顏色顦顇一尊惆悵落花時宋玉九辯惆悵兮而私自憐

遊南塘寄王知白

白鳥梳翎立岸莎藻花菱刺泛微波埤雅藻水艸生水底橫陳於水若自澡濯然煙光似帶侵垂柳露點如珠落卷荷楚水曉一作晚

涼催客早杜陵秋思傍蟬多谿公不信歸心切聽取江樓一曲歌

寄盧生

遺業荒涼近故都門前隄路枕平湖綠楊陰裏千家月紅藕香中萬點珠此地別來雙鬢改幾時歸去片帆孤他年猶擬金貂換晉書阮孚嘗以金貂換酒寄語黃公舊酒壚世說王濬沖為尚書令乘軺車往黃公酒壚下過顧謂後車客吾昔酣飲此壚竹林之遊亦預其末自嵇生夭阮公亡便為時所羈紲今日視此雖近邈若山河

春日訪李十四處士

花深橋轉水潺潺角里先生自閉關詳見卷五看竹已知行處好王徽之傳吳中一士大夫家有好竹欲觀之徽之坐輿造竹下諷嘯良久主人灑掃請坐徽之不顧將出主人乃閉門徽之以此賞之盡歡而去望雲空一作定得暫時閒補新唐書狄仁傑登太行山反顧見白雲孤飛謂左右曰吾親舍其下瞻悵久之雲移乃得去誰言有策堪經世自是無錢可買山高僧傳支道林遺人問深公買印山深公曰未聞巢由買山而隱一局殘棊千點雨魏志王粲觀人圍棊局壞粲為覆之棊者不信以帊蓋局使更以他局為之用相比校不誤一道綠萍池上莫方還

宿松門寺

白石青厓世界分卷簾孤坐對氛一作氳氤林間禪室春

深雪潭上龍堂夜半雲楚辭魚鱗屋兮龍堂王逸注言河伯所居以魚鱗蓋屋堂畫蛟龍之文也落日荒一作月蒼涼登閣在一作遠曉鐘摇蕩隔牆一作江

聞西山舊是經行地嗣立案付法藏經迦葉語婦我若眠息汝當經行汝若眠息我當經行願漱寒缾逐一作在領軍寄歸傳梵云軍持此缾常貯水隨身淨手

詠寒宵

寒宵何耿耿良讌有餘姿寶靺爽回處補隋煬帝詩寶袜楚宮腰袜靺

同熏鑪帳望時熏鑪見卷一補江淹擬怨別帳望陽雲臺曲瓊垂翡翠補宋玉招䰟砥室翠翹絓曲瓊些注曲瓊玉鉤也斜月到罘罳嗣立案緗素雜記唐蘇鶚演義罘罳織絲為之輕疎浮虛象羅網交文之狀蓋宮殿檐戶之間委墜金釭燼補西都賦金釭銜璧闌珊玉局棊李商隱詩玉局敗棊收話窮猶注睇歌罷尚持頤晻曖遙相屬一作矚氛氳一作絪縕積所思秦娥卷衣一作簾晚見卷一胡雁度雲遲上郡歸來夢那知錦字詩見卷一

寄諸宮遺民弘里生

柳弱湖隄曲籬疎水巷深酒闌初促席補沈君攸詩班荊促席對芳林

歌罷欲分襟羅鄴詩折柳分襟十載餘波一作坡月欺華燭何遜詩華燭帳前明
江一作汀雲潤故琴杜甫詩江雲何夜盡鏡清花共葉一作並蒂牀冷簟
連心荷疊平橋閣一作闊萍稀敗舫沈城頭五更一作通鼓補大唐新語舊制京城内金吾曉暝傳呼以戒行者馬周獻封章始置街鼓俗號鼕鼕鼓公私便馬杜甫詩五更鼓角聲悲壯
窗外萬家碪李白詩萬戶擣衣碪異縣魚投浪古樂府飲馬長城窟行他鄉各異縣展轉不相見又客從遠方來遺我雙鯉魚呼兒烹鯉魚中有尺素書
當年鳥共林補晉王讚詩人情懷舊鄉客鳥思故林
八行香一作書未滅一作減嗣立案馬融與竇伯尚書孟陵奴來賜書見手跡歡喜何量次於面也書雖兩紙紙八行行七字
千里歎一作夢難尋

嗣立業陸機為顧彥先贈婦詩東南有思婦長歎充幽闈借問歎何為佳人眇天末未肯睽良願
空期一作知嗣好音他時詠懷一作因詠作阮籍有詠懷詩猶得比南
金詩元龜象齒大賂南金張衡擬四愁詩何以報之雙南金
春晝與友人入裘氏林探一作采漁竿
一徑亙紆直茅棘亦已繁晴陽入荒竹曖曖如春園倚
枝息暫一作憩倦襃回戀微暄歷尋嬋娟節補左思吳都賦檀欒嬋娟
玉潤碧鮮剪破蒼筤根易震為雷為蒼筤竹補漢外戚傳童謡曰木門倉琅根倉琅根宮門銅鍰
也地閑一作閣修莖孤林振餘籜翻謝靈運詩初篁苞綠籜注籜竹皮也適

心在所好非必尋湘沅補離騷濟沅湘以南征兮注沅湘水名也

春日

問君何所思迢遞豔陽時門靜人歸晚牆高蝶過遲一雙青瑣燕千萬綠楊絲屏上吳山遠樓中朔管悲寶書無寄處補道學傳夏禹撰真靈之玄要集天官之寶書江淹擬休上人怨別寶書為君掩香轂有來期草色將林彩一作影補江淹擬張司空離情庭樹發紅彩閨草含碧滋相添一將將入黛眉陰鏗詩眉含黛欲斂洛陽唐地理志河南府有洛陽縣神龍二年更洛陽曰永昌唐隆二年復故名

鞏樹先春雪滿枝世系圖洛陽周鞏伯封邑上陽宮柳囀黃鸝王維詩陰陰夏木囀黃鸝桓譚未便忘西笑桓譚新論關東俚語人聞長安樂則西向而笑豈為長安有鳳池

題賀知章故居疊韻作越志賀知章宅在會稽城東一十五里名賀家池

廢砌翳薜荔離騷貫薜荔之落蘂王逸注薜荔香艸也緣木而生枯湖無菰蒲老媼寶豪草補戰國策觸讋對趙太后曰老臣竊以為媼之愛燕后賢於長安君高誘注媼女老稱愚儒輸逋租

雨中與李先生期垂釣先後相失因作疊韻

隔石覔屐跡西谿迷雞嗁小鳥擾曉沼犁泥齊低畦

温飛卿集箋註卷八

欽定四庫全書

温飛卿集箋註卷九

明　曾益原註

長洲顧予咸補輯

顧嗣立重訂

春日雨　一作細雨以下見文苑英華

細雨濛濛入絳紗　何遜杏花詩麗色明珠箔餘香襲絳紗　灃湖一作湖亭　寒食孟珠家　丹陽孟珠歌陽春二三月草與水同色攀條摘香花言是歡氣息　南朝漫自稱

流品宫體何曾為杏花南史徐摛傳摛文體既别春坊盡學之宫體之號自斯而始

細雨

憑軒望秋雨涼入暑衣清極目鳥頻没片時雲復輕沼萍開更斂山葉動還鳴楚客秋江上蕭蕭故國情

秋雨

雲滿鳥行滅池涼龍氣腥斜飄看棊簟疎灑望山亭細響鳴林葉員文破沼萍秋陰杳無際平野但冥冥

春初對暮雨

淅瀝生叢篠空濛泣網軒暝姿看遠樹春意入塵疑作陳根鄭玄毛詩箋陳根可拔點細飄風急聲輕入夜繁雀喧爭槿樹謝靈運田南樹園激流植援詩插槿當列墉人靜出蔬園瓦溼光先起房深景易昏不應江上草相與滯王孫見卷二

雪二首

硯水池先凍窗風酒易消雅聲出山郭人迹過邨橋稍急方縈轉才深未寂寥細光穿暗隙輕白駐寒條草靜封還折松欹墮復搖謝莊今病眼無意坐通宵南史謝莊傳與

大司馬江夏王義恭戲自陳眼患五月來不復得夜坐恒閉帷避風

羸驂出更慵林寺已疎鐘蹋緊寒聲澀飛交細點重國斜人過迹階靜鳥行蹤寂莫梁鴻病誰人代夜舂後漢逸民傳梁鴻至吳依大家臯伯通居廡下為人賃舂

宿友人池一作送人遊淮海

背牆燈色一作影暗宿客夢初成半夜竹窗雨滿池荷葉聲簟涼秋閣思木落故山情明發又愁起桂花溪水清

原陘荑綠柳此省試題也文苑英華注云集中無此詩

迴野韶光早晴川柳滿一作映柳隄拂塵生嫩綠披雪見柔荑詩手如柔荑碧玉牙猶短黃金縷未齊腰支弄寒吹眉意入春閨柳腰柳眉注並見下預恐狂夫折詩折柳樊圃狂夫瞿瞿迎牽逸客迷新鶯將出谷應借一枝棲見卷四

宿秦生疑作僧山齋

衡巫路不同顔延之詩江漢分楚望衡巫奠南服注衡巫二山名結室在東峰歲晚得支遁夜寒逢戴顒並見四卷龕燈落葉寺山雪隔林鐘行解一作行李又一作戒行無由發曹溪欲施春注見下

贈楚雲上人

松根滿苔石盡日閉禪關有伴年年月無家處處山煙波五湖遠缾屨一身閒見卷八岳寺蕙蘭晚幾時幽鳥還

宿白蓋峰寺寄僧

山房霜氣晴一作清一宿遂平生閣上見林影月中聞澗聲佛燈銷永夜僧磬徹寒更不學何居士焚香為宦情

晉何充傳充與弟準俱崇信釋氏謝萬譏之曰二郄諂於道二何佞於佛詳卷四

送僧東遊

師歸舊山去此別已悽然燈影秋江寺篷聲夜雨船鷗

飛吳市外漢梅福傳變姓名為吳市門卒麟臥晉陵前宋州郡志南徐州刺史領晉陵太守吳時分吳郡無錫以西為毗陵晉東海王越世子名毗永嘉五年帝改為晉陵若到東林社

誰人更問禪見卷七

盤石寺留別成公

槲葉蕭蕭帶葦風寺前歸客一作路別支公見卷四三秋岸

雪花初白格物叢話蘆葦之末秀者也有節如竹至末抽頭頭上生花花色白或謂之荻花即此晉時謠云官家養蘆花成荻一夜林霜葉盡紅山疊楚天雲壓塞浪遙

吳苑水連空見卷一悠然旅榻頻回首曾植翊風詩誰忘汎舟愧無榻人張揖漢書注榻人船長也無復松窗半倡同南史陶宏景好松風庭院皆種松聞其響欣然為樂詳卷四

訪知元上人遇暴經因有贈稽古略知元姓陳氏咸通四年制署號悟遠國師

縹帙無塵滿畫廊見卷六鍾山弟子靜焚香惠能未肯傳心法李舟能大師傳五祖宏忍告之曰汝緣在南方宜往教授持此袈裟以為法信一夕而逝公滅度後諸弟子求衣不獲始相謂曰此非盧行者所得耶使人追之已去寶林傳能大師傳法衣處在曹溪寶林寺

張湛徒勞與眼方晉書范甯常苦目痛就張湛求方湛書損讀書減思慮專內觀簡外事旦起晚夜早眠六事風颭檀煙銷篆印日移松影過禪牀客兒自有翻經處客兒謝靈運小字詳卷四廬山記謝靈運一見遠公肅然心服乃即寺翻涅槃經名其臺日翻經臺江上秋來蕙草荒

寄崔先生

往年江海別元卿見卷四家近山陽古郡城蓮浦一作沼香中離席散柳隄風裏釣船橫星霜荏苒無音信煙水微茫變姓名史記越世家范蠡浮海出齊變姓名為鴟夷子皮菰黍正肥魚正美

西京雜記菰之有米者長安人謂為彫胡五侯門下負平生西京雜記五侯不相能賓客不得往來婁護豐辯傳食五侯間各得其懽心競致奇膳護乃合以為鯖世稱五侯鯖以為奇味焉

敬荅李先生

七里灘聲舜廟前顧野王輿地志七里灘在東陽江干與嚴陵瀨相接有嚴山桐廬縣南有嚴子陵漁釣處今山邊有石上平可坐十人臨水名為嚴陵釣壇也括地志越州餘姚縣有歷山舜井杏花初盛草芊芊綠昏晴氣春風岸紅漾輕輪野水天不為傷離成極望更因行樂惜流年一瓢無事麛裘暖見論語手弄溪波坐釣船

宿澧曲僧一作精舍

東郊和氣新芳靄遠如塵客舍一作路停疲馬僧牆畫故人沃田桑葉一作景晚平野菜花春更想嚴家瀨微風蕩白蘋

宿一公精舍方伎傳僧一行姓張氏先名遂魏州昌樂人初一行訪師至天台山國濟寺見一院古松十數門有流水一行立于門屏間聞院僧于庭布算聲而謂其徒曰今日當有弟子自遠求吾算法到門豈無人導達也一行承其言而趨入稽首請法盡授其術焉

夜闌黄葉寺餅錫兩俱能釋氏要覽游行僧為飛錫安住僧為挂錫詳卷八松

下石橋路一作雨盧照鄰詩待入天台路看余渡石橋注天台赤城山高八十丈上有石橋廣不盈尺下臨萬丈深澗雨一作山中山一作佛殿燈茶爐天姥客謝靈運詩瞑投剡中宿明登天姥岑寰宇記天姥山在剡縣南八十里元和郡國志天姥山與括蒼山相連石壁上有字科斗形高不可識春月樵者聞簫鼓笳吹之聲碁席剡溪僧道源李義山詩注晉法潛隱會稽剡山或問其勝友為誰指松曰此蒼頷叟也還笑長門賦見卷六高秋臥茂陵見卷五

月中宿雲居寺上方

虛閣披衣坐寒階躡葉行衆星中夜少員月上方明靄盡無林色喧餘有澗聲秖因愁恨事還逐曉光生

題中南佛塔寺一作院

鳴泉隔翠微千里到柴扉地勝人無慾林昏虎有威澗茖侵客屨山雪入禪衣桂樹芳陰在還期歲晏歸

馬嵬佛寺李肇國史補玄宗幸蜀至馬嵬驛縊貴妃于佛堂梨樹之前

荒雞夜唱戰塵深五鼓雕輿過上林才信傾城是真語李延年歌云北方有佳人絕世而獨立一顧傾人城再顧傾人國傾城復傾國佳人難再得般若經如來是真語者實語者直教塗地始甘心潘岳關中詩肝腦塗地注漢書一敗塗地屈原傳不顧得地願得張儀而甘心焉兩重秦苑成千里兩京新記開元二十年築夾城入芙蓉園自大

明宮夾亘羅城複道經通化門觀以達興慶宮次經春明延喜門至曲江芙容園而外人不知也張禮遊城南記芙容園與杏園皆秦宜春下苑之地唐之南苑也一炷胡香抵一作直萬金庾信銘胡香四兩十洲記武帝幸安定西胡月支國主遣使獻香四兩大如雀卵黑如桑椹香氣聞數百里死者在地聞香氣乃却活後元元年長安城內病者數百亡者大半帝試取月支神香燒之於城南其死未三月者皆活杜甫詩家書抵萬金曼倩死來無絕藝後人誰肯惜青禽一作琴原注司馬相如傳注青禽古神女也漢武故事七月七日上於承華殿齋正中忽有一青鳥從西方來集殿前東方朔曰此王母欲來也有頃王母至

清涼寺

黃花紅樹謝芳蹊宮殿參差黛巘西詩閣曉窗藏雪嶺畫堂秋水接藍溪見卷四松飄晚吹一作翠摐金鐸楊衒之伽藍記永寧寺有九層浮屠剎上有金寶缾寶缾有承露金盤周匝皆垂金鐸高風永夜寶鐸和鳴鏗鏘之聲聞及十餘里竹蔭寒苔上石梯妙迹奇名竟何在下方煙暝草萋萋

贈盧長史

移病欲成隱漢公孫弘傳弘乃移病免歸扁舟歸舊居地深新事少官散故交疏道直更無侶家貧惟有書東門煙水夢非

獨為鱸魚見卷四

秋日旅舍寄義山李侍御舊唐書李商隱字義山懷州河南人

一水悠悠隔渭城見卷四渭城風物近柴荆寒蛩乍響催機杼崔豹古今注蟋蟀一名吟蛩一名蛩秋初生得寒則鳴又莎雞一名催織一名絡緯催織謂鳴聲如急織絡緯謂其鳴聲如紡績也旅雁初來憶弟兄王制兄之齒雁行自為林泉牽曉一作好夢不關碪杵報秋聲子虛何處堪消渴西京雜記司馬相如素有消渴疾註詳下試向文園問長卿見卷六

晚坐寄友人

九枝燈在瑣窗空王筠燈檠詩百花曜九枝漢武內傳西王母至日帝除宮內然九光之燈鮑昭詩玉鉤隔瑣窗希逸無聊恨不同沈約宋書謝莊字希逸其月賦云悄焉疚懷不怡中夜曉夢未離金夾膝陸龜蒙集有以竹夾膝寄襲美詩早寒先到石屏風西京雜記魏子且渠家有石牀廣六尺長一丈石屏風遺簪可惜三秋白見卷六蠟燭猶殘一寸紅應卷鰕簾看皓齒王隱交廣記或語廣州刺史滕修鰕須長一丈修不信其人後故至東海取鰕須長四丈四尺封以示修修乃服鏡中惆悵見梧桐

送渤海王子歸本國

疆理雖重海左傳賓媚人對晉曰先王疆理天下車書本一家庾信賦混一車書盛勲歸舊國佳句在中華定界分秋漲新書吐番傳宰相裴光庭聽以赤嶺為界表以大碑刻約其上開帆到曙霞九門風月好回首是天涯

送北陽袁明府

楚鄉千里路君去及良辰葦浦迎船火茶山候吏塵桑濃蠶臥晚梁簡文帝詩薄晚畏蠶飢競采春桑葉麥秀雉聲春潘岳射雉賦麥漸漸以擢芒雉鷕鷕而朝雊莫作東籬興陶潛詩采菊東籬下悠然見南山青雲有故人顏延之詩仲容青雲器

送李生歸舊居

一從征戰後，故社幾人歸。薄宦離山久，高譚與世稀。夕陽當板檻，春日入柴扉。莫却嚴灘意，西溪有釣磯。

早春滻水送友人 桑欽水經滻水出京兆藍田谷北入于灞

青門煙野外 青門長安城東門名也 渡滻送行人 見卷六 鴨卧溪沙暖，鳩鳴社樹春殘 一作淺 波青有石，幽草緑無塵。楊柳東風裏，相看淚滿巾。

送襄州李中丞赴從事 唐地理注襄州隋襄陽郡武德四年改為襄州天寶

九年改為襄陽郡乾元元年復為襄州上元二年置襄州節度使領襄鄧均房金商等州

漢庭文采有相如天子通宵愛子虛漢書司馬相如游梁乃著子虛賦後蜀人楊得意為狗監侍上上讀子虛賦曰朕獨不得與此人同時哉把釣看棊高興盡焚香起草宦情疎漢官儀尚書郎主作文書起草晝夜更直五日於建禮門內楚山重疊當歸路溪月分明到直廬江雨蕭蕭帆一片此行誰道為一作憶鱸魚

江上別友人

秋色滿葭菼詩葭菼揭揭離人西復東張籍樂府遊人別一東復一西幾年

方暫見一笑又難同地勢蕭陵歇江聲禹廟空後漢郡國志會稽山在南上有禹冢有浙江注郭璞注山海經曰江出歙縣玉山又餘暨縣注魏都賦注有蕭山潛水出焉
如何暮灘上千里逐離鴻

與友人别

半醉别都門含悽上古原晚風楊葉社南史周將獨孤盛領水軍趨巴湘太尉侯瑱自尋陽禦之襲破盛於楊葉洲寒食杏花邨案杏花邨在池州府秀山門外薄莫牽離緒傷春憶晤言年芳本無限何況有蘭蓀

鴻臚寺有開元中錫宴堂樓臺池沼雅爲勝絶荒

涼遺趾僅有存者偶成四十韻舊唐書職官志鴻臚寺周曰大行人秦曰典客景帝曰大行武帝曰大鴻臚梁置十二卿鴻臚為冬卿去大字署為寺後周曰賓部隋曰鴻臚寺龍朔改為同文寺宅曰司賓寺神龍復也

明皇昔御極玄宗本紀上元二年崩于神龍殿羣臣上謚曰至道大聖大明孝皇帝廟號玄宗

神聖垂耿光書以覲文王之耿光

沈機發雷電魏文帝樂府發機若雷電一發連四五

逸躅陵堯湯西覃積石山禹貢導河積石至于龍門

北至窮髮鄉顧啟期婁地記浪山海中南極之觀嶺窮髮之人舉帆揚越以為標的

四凶有獬廌左傳季文子使太史克對曰堯崩而天下如一同心戴舜以為天子以其舉十六相去四凶也漢官儀獬廌性觸不直故

執憲者以其角形為冠一臂無螳蜋莊子螳蜋之怒臂以當車轍嬋娟得神豔楊貴妃傳武惠妃薨後宮數千無可意者或奏元琰女姿色冠代召見時妃衣道士服號曰太真玄宗大悅不數月禮遇如惠妃太真姿質豐豔每倩盼承迎動移上意郁烈聞國香左傳鄭穆公曰蘭為國香人服媚之如是紫絛鳴羯鼓文獻通考羯鼓龜茲高昌疏勒天竺部之樂也狀如漆桶下承以牙牀用兩杖擊之其聲噍殺明烈南卓羯鼓録明皇遊別殿柳杏將吐歎曰對此景物不可不與判斷之呼高力士取羯鼓上縱擊一曲名春光好回顧梅杏皆發笑曰不謂我作天公可乎玉管吹霓裳幽怪録開元十八年正月望日帝謂葉法善曰今夕何處最麗對曰廣陵帝曰何術以觀之葉遂化虹橋起殿前閣闌若畫帝步而上太真高力士及樂官數人從行頃至廣陵寺觀陳設之盛光灼基殿士女鮮麗仰面曰仙人

見雲中帝敕伶官奏霓裳一曲數日廣陵奏至**祿山未封侯**舊唐書安祿山營州柳城雜種胡人名軋犖山**林甫才為郎**新唐書李林甫平肅王叔良曾孫初為千牛直長舅姜皎愛之開元初遷太子中允源乾曜執政與皎為姻家而乾曜子潔為林甫求司門郎中又時宰相李林甫嫌儒臣以戰功進專寵間己乃請顓用蕃將帝寵祿山益牢卒亂天下林甫啟之也**昭融廓日月**詩昭明有融**妥貼安紀綱**書亂其紀綱**羣生到壽域**漢王吉傳疏曰躋之仁壽之域**百辟趨明堂**禮記昔者周公朝諸侯于明堂之位**四海正夸宴**陸倕新刻漏銘河海夸宴**一塵不飛揚**漢終軍傳邊境時有風塵之警**天子自遊**一作悅**豫**見孟子**侍臣宜樂康**屈原九歌君欣欣兮樂康**軋然閶闔開**西京賦表嶢闕于閶闔薛綜曰紫微宮門曰閶闔

赤日生扶桑王充論衡日出扶桑莫入細柳東方朔十洲記扶桑在碧海中樹長數十里一千餘圍兩兩同根更相依倚故曰扶桑

玉砌露盤紆見卷三

金壺漏丁當李白烏棲曲金壺丁丁漏水多

劍佩相擊觸左右隨趨鏘玄珠十二旒禮記天子玉藻十有二旒

紅粉三千行漢武故事上起明光宮發燕趙美人三千人充之

盼睞生羽翼古詩盼睞以遺意西京賦所好生毛羽

叱一作咄嗟回雪霜戰國策周烈王崩諸侯皆弔齊後往周怒赴於齊威王勃然怒曰叱嗟而母婢也

神霞凌雲閣南部新書驪山朝元閣在山嶺之上最為嶄絕

春水驪山陽雍録驪山溫泉秦漢隋唐皆常遊幸惟玄宗特修宮殿魚裏一山而繚牆周徧其外詳見下

盤鬭九子椶開元遺事開元宮中端午造粉團角黍貯盤中以小

角弓射之中者得食樂苑月節折楊柳歌其五月歌云菰生四五尺素身為誰珍盛年將可惜折楊柳作得九子糉相思勞歡手

甌擎五雲漿　太平廣記裴航遇雲翹夫人與詩云一飲瓊漿百感生玄霜擣盡見雲英藍橋便是神仙窟何必崎嶇上玉京後經藍橋渴過一舍見有老嫗揖之求漿嫗令雲英槃一甌漿飲之即美女也郭子雲洞冥記五雲國有吉事雲起五色著于草成五色雲庾信溫湯碑序其色變者通為五雲之漿

雙瓊京兆博　一作卜鮑容博經所擲頭謂之瓊瓊有五采刻為一畫者謂之塞刻為兩畫者謂之白刻為三畫者謂之黑一邊不刻者五塞之間謂之五塞漢陳遵傳祖父遂宣帝微時與有故相隨博奕數負進及宣帝即位稍遷至太原太守迺賜遂璽書曰官尊祿厚可以償博進矣元帝時徵遂為京兆尹

七鼓邯鄲倡　儀衛志晝刻之上五刻駕長前發七刻擊一鼓為一嚴前五刻擊二鼓為再嚴前一

刻三鼓為三嚴諸衛各督其隊以次入陳古樂府相逢狹路間堂上置尊酒使作邯鄲倡

毾㲪碧雞鬭

陳鴻祖東城老父傳玄宗即位治雞坊于兩宮間索長安雄雞金毫鐵距高冠昂尾千數養于雞坊選六軍小兒五百人使馴擾教飼諸王外戚貴主侯家傾帑破產市雞以償雞直都中男女以弄雞為事

籠葱翠雉場

見卷一

仗官繡蔽膝

隋書朝服冠幘各一絳紗單衣白紗中單皁領袖皁襈革帶曲領方心蔽膝白筆舄襪兩綬劍佩簪導鉤䚢為具服七品以上服也

寶馬金鏤錫

明皇雜錄上嘗令教舞馬四百匹各分左右部目為某家龍某家驕時塞外以善馬來貢者上俾之教習無不曲盡其妙因命衣以文繡絡以金鈴飾其髮鬣間以珠玉其曲謂之傾杯樂者數十回奮首鼓尾縱橫應節安祿山亂馬散落人間田承嗣得之一日軍中大饗馬聞樂而舞承嗣以為妖而殺之詩鉤膺鏤錫汪馬眉上飾曰錫

椒

塗陽鸚鵡晉石崇傳崇塗屋以椒譚賓録天寶中嶺南獻白鸚鵡養之宮中歲久頗聰慧洞曉言詞上及貴妃皆呼為雪衣女性既馴擾常縱其飲啄飛鳴然不離屏幃間上每與嬪妃及諸王博戲上稍不勝左右乃呼雪衣女必飛局中鼓翼以亂之柘彈驚鴛鴦南部煙花記陳宮人喜于春林放柘彈車轂詩柘彈落金丸猗歟華國臣國語季文子曰吾聞以德榮為國華鬒髮俱蒼蒼

錫宴得佳致車從真煒煌舊唐書天寶十三載三月丙午御躍龍殿門張樂宴羣臣賜右相絹一千五百匹綵羅三百匹綵綾五百匹左相絹三百匹綵羅綾各五十匹極歡而罷畫鷁照魚鼈淮南子龍舟鷁首詳卷二鳴騶亂鶖鶬孔稚圭北山移文鳴騶入谷杜甫同谷縣作歌東飛鴐鵝後鶖鶬颭豔蕩碧波炫煌迷一作逮橫塘見卷二縈盈舞

回雪見卷一宛轉歌遶梁杜佑通典周衰有韓娥東之齊至雍門匱糧鬻歌假食既而去餘音繞梁三日而不絶明皇雜録云玄宗製新曲四十餘又新製樂譜每初年望夜御勤政樓觀燈作樂貴臣戚里看樓觀望夜闌太常樂府懸散樂畢即遣宮女于樓前縛架出眺歌舞以娛之豔帶畫銀絡明皇雜録上自解紅玉帶賜寧王又上以紫金帶賜岐王蓋昔高宗破高麗所得典畧魏文帝常賜劉楨廓落帶寶梳金鈿筐西京雜記漢元后在家嘗有白燕銜石大如指墮后績筐中后取之石自剖為二其中有文曰母天后地乃合之遂復還合及為后嘗置璽笥中沈冥類漢相漢曹參傳參代何為相國日夜飲酒卿大夫以下吏及賓客見參不事事來者皆欲有言至則參輒飲以醇酒度之欲有言復飲酒醉而復去終莫得闌說以為常醉倒疑楚狂見論語　案舊唐書天寶元年八月李適之為

左丞相五載四月罷政賦詩云避賢初罷相樂聖且銜杯為問門前客今朝幾箇來二句葢指此也一旦紫微東見卷四胡星森耀芒天官書昴曰髦頭胡星也憑陵逐鯨鯢左傳王子伯駢告于晉曰憑陵我城郭又楚子曰古者明王伐不敬取其鯨鯢而封之唐突驅犬羊世說周伯仁曰何乃刻畫無鹽以唐突西子也子夜歌小喜多唐突相憐能幾時縱火三月赤漢項羽傳羽屠咸陽燒其宫室火三月不滅戰塵千里黄常建詩戰餘落日黄殽函與府寺賈誼過秦論秦孝公據殽函之固徐堅初學記施于府寺曰朝晡鼓從此俱荒涼茲地乃蔓草故基摧一作唯壞牆枯池接斷岸唧唧啼寒蛩謝惠連擣衣詩烈烈寒螿啼許慎淮南子注寒螿蟬屬也敗荷塌作泥死竹森如槍

遊人問老吏相對聊感傷豈必見麋鹿漢伍被傳被曰昔子胥諫吳王吳王不用迺曰臣今見麋鹿遊姑蘇之臺也然後堪回腸司馬遷報任安書是以腸一日而九回幸今遇太平令節稱羽觴誰知曲江隝一作上康駢劇談錄曲江開元中疏鑿為勝境其南有紫雲樓芙容苑其西有杏園慈恩寺花卉環周煙水明媚都人遊賞盛于中和上巳之節歲歲棲鸞皇

華清宮和杜舍人華清宮見卷六舊唐書杜牧字牧之太和二年擢進士第累官膳部比部員外郎出牧黃池睦三郡遷司勳員外郎史館修撰又授湖州刺史遷中書舍人

五十年天子玄宗紀詔曰聿來四紀人亦小康離宮舊粉一作仰傾牆案唐書有

宮在驪山貞觀十八年置咸亨二年始名温泉宮天寶六載改今名故云離宮舊粉牆也西都賦離宮别館三十六所登封時正泰玄宗紀開元十三年封泰山上還齋宮慶雲見漢郊祀志天子獨與子侯上泰山亦有封遂改元元封御宇日初一作何長沈約詩泰皇御宇宙上位先名實見孟子中興事憲章見中庸舉一作起戎輕甲胄書惟甲胄起戎餘地取河湟舊唐書吐蕃傳湟水出蒙谷抵龍泉與河合河之上流繇洪濟梁西南行二千里世舉為西戎道帝玄元祖新唐書天寶八載加上玄元皇帝號曰聖祖大道玄元皇帝增祖宗帝后謚儒封孔子王通鑑開元二十七年追封孔子為文宣王因緣百司署藂會一人湯鄭嵎津陽門詩注驪山華清宮内除供奉兩湯池内外更有湯十六所長湯每賜諸嬪御其修廣與

諸湯不侔甃以文瑤密石中央有玉蓮花捧湯泉噴以成池又縫綴錦繡為鳧雁寘于水中上時汎鈒鏤小舟以嬉遊焉次西曰太子湯又次西少陽湯又次西尚食湯又次西宜春湯又次西長湯十六所令惟太子少陽二湯存焉明皇雜録上于華清宫新廣一湯制度宏麗安禄山以白玉石為魚龍鳧雁仍為石梁及石蓮花以獻雕鐫巧妙殆非人工上大悦命陳于湯中仍以石梁横亘湯上而蓮花纔出水際六帖李適賜浴温湯給香粉蘭澤安禄山事迹禄山至温泉賜浴將士並賜浴賜食賜錢**渭水波揺緑秦山**一作郊**草半黄馬頭開夜照**一作馬馹金勒細明皇雜録上所乘馬有玉花驄照夜白杜甫曹將軍畫馬圖詩曾貌先帝照夜白**鷹眼利星芒**一作鷹健玉鈴鏘春秋運斗樞瑤光星散為鷹詳卷六**下箭朱弓滿**張華博物志徐偃王得朱弓矢以己得天瑞**鳴鞭皓腕攘**明皇

雜録上幸華清宫貴妃姊妹各購名馬以黄金為銜勒又虢國夫人出入禁中常乘紫驄使小黄門為御紫驄之俊健黄門之端秀皆冠絶一時

畋思獲吕望見卷五諫祇避周昌漢周昌傳周昌者沛人也為人彊力敢直言自蕭曹等皆卑下之

免迹貪前逐埤雅兔足前卑後踞其形俛梟心不早防埤雅舊説梟性食母始飛

幾添鸜鵒勸嶺表録異鸜鵒螺旋尖處屈而朱如鸜鵒觜故以名殼裝為酒杯奇而可觥梁簡文帝答張纘書車渠屢酌鸜鵒驟傾頻一作先

賜荔支嘗樂府外傳十四載六月一日貴妃生日于長生殿奏新曲會南海進荔支因以曲名荔支香十五載六月上幸巴蜀貴妃從至馬嵬縊于佛堂前之梨樹下纔絶而南方進荔支至上覩之長號數息使力士曰與我祭之新唐書妃嗜荔支必欲生致之乃置騎傳送走數千里味未變已至京師

月鎖千

門靜天高一作吹一笛涼連昌宮辭注明皇遊上陽宮夜新翻一曲明夕正月十五日潛遊忽聞酒樓上有笛奏前夕所翻曲大駭之密捕笛者詰之自云其夕于天津橋上翫月聞宮中奏曲愛其聲遂以爪畫譜記之即長安少年李謩也細音搖翠一作羽佩明皇雜録天寶中上命宮人數百人為梨園弟子皆居宜春北苑上素曉音律時有馬仙期李龜年賀懷智皆洞曉音度安祿山從范陽入覲亦獻白玉簫管數百事皆陳于梨園自是音響遂不類人間輕步宛霓裳案太真外傳逸史云羅公遠侍玄宗入月十五日夜宮中翫月曰陛下欲從臣月中遊乎乃取一杖向空擲之化為一橋其色如銀請上同登約行數十里至大城闕公遠曰此月宮也有仙女數百素練寬衣舞于廣庭上前問曰此何曲也曰霓裳羽衣也上密記其聲調遂回橋却顧隨步而滅旦諭伶官象其聲調作霓裳羽衣曲孤生根一作

基潛結古詩冉冉孤生竹結根泰山阿昇平意遽忌漢梅福傳孝武皇帝聽用其計升平可致衣冠逃缺鞞鼓動漁陽白居易長恨歌漁陽鞞鼓動地來新唐書天寶三年安禄山代裴寬為范陽節度十三載十一月禄山反范陽詭言奉密詔封楊國忠騰榜郡縣地理志幽州范陽郡大都督府本涿郡天寶元年更名薊州漁陽郡開元十八年析幽州置外戚心殊迫舊唐書禄山露檄數楊國忠之罪帝欲以太子撫軍國忠大懼諸楊聚哭中塗事可量雪一作血埋妃子貌一作豔新唐書上西幸至馬嵬陳玄禮等以天下計誅國忠已死軍不解帝遣力士問故曰禍本尚在帝不得已與妃訣引而去縊路祠下裹尸以紫茵瘞道側刃斷禄兒腸新唐書時楊貴妃有寵禄山請為妃養兒帝許之又至德二載正月朔禄山朝羣臣創甚罷是夜嚴莊安慶緒持兵扈門李豬

兒入帳下以大刀斫其腹祿山盲捫佩刀不得振幄柱呼曰是家賊俄而腸潰於牀即死安祿山事跡祿山生日後三日玄宗召祿山入內貴妃以錦繡綳縛祿山令內人以綵輿舁之玄宗就觀大悅因賜貴妃三日洗兒金銀錢自是宮中皆呼祿山為祿兒不禁出入近侍煙塵隔通鑑楊國忠首倡幸蜀之策上獨與貴妃姊妹皇子妃主皇孫及親近官官宮人出延秋門妃主皇孫之在外者皆委之而去前蹤輦路荒通鑑至咸陽望賢宮日向中上猶未食民獻糲飯雜以麥豆皇孫輩爭以手匊食之須臾而盡益知迷寵佞惟一作遺恨喪忠一作賢良通鑑有父老郭從謹進曰臣猶記宋璟為相數進直言天下因賴以安自頃以來在廷之臣以言為諱闕門之外陛下皆不得知草野之臣必知有今日久矣上曰朕之不明悔無所及北闕尊明主新唐書天寶十五載七月裴冕等請皇太子即皇帝位甲

子即皇帝位於靈武尊皇帝曰上皇天帝南宮遜上皇新唐書天寶十五載十二月至自蜀郡居於興慶宮至德三載上號曰太上至道聖皇天帝上元元年徙居於西內注詳下禁清餘鳳吹邵遊詩馳道聞鳳吹池冷映一作睡龍光祝壽山猶在漢郊祀志東幸緱氏禮登中岳太室從官在山上聞若有言萬歲云流年水共傷陸機歎逝賦川閱水以成川水滔滔而日度世閱人而為世人冉冉而行莫杜鵑魂厭蜀見卷一胡蝶夢悲莊莊子莊周夢為胡蝶栩栩然胡蝶也不知周之夢為胡蝶與胡蝶之夢為周與周與胡蝶則必有閒矣雀卵遺

雕栱蟲絲罥畫梁紫苔侵壁潤紅樹閉門芳守吏齊鴛瓦見卷二耕民得翠璫舊唐書玄宗每年十月幸華清宮國忠姊妹五家扈從每家為一隊

著一色衣五家合隊照映如百花之煥發而遺鈿墜舄瑟瑟珠翠燦爛芳馥于路廣陵志隋煬帝多從以宮人遊此故時耕出寶釵馬歡康一作登年昔時一作酺樂講武舊兵場白帖後漢咸和中詔曰外軍戲兵於南郊之場名曰闘場芳草深巖霤一作翠幽花墜逕香

不堪垂白叟行折御溝楊見卷一

案杜牧華清宮三十韻詩繡嶺明珠殿層巒下絳場仰窺雕檻影猶想赭袍光昔帝登封後中原自古彊一千年際會三萬里農桑几席延堯舜軒墀接禹湯雷霆驅號令星斗煥文章釣築乘時用芝蘭在處芳北扉閒木索南面富循良至道思玄圃平居厭未央鉤陳裹巖谷文陛壓青蒼歌吹千秋節樓臺八月涼神仙高縹緲環佩響丁當泉暖涵窗鏡霞嬌惹粉囊嫩嵐滋翠葆清渭照紅粧帖泰生靈壽歡娛歲序長

月聞仙曲調霓作舞衣裳雨露徧金穴乾坤入醉鄉玩兵師漢武回首倒干將鯨鬣掀東海胡牙揭上陽喧呼馬嵬血零落羽林槍傾國留無路還魂怨有香蜀峰横慘淡秦樹遠微茫鼎重山難轉天扶業更昌望賢餘故老花萼舊池塘往事人難問幽襟淚獨傷碧簷斜送日殷葉半凋霜迸水傾瑤砌疎風罅玉房塵埃羯鼓索片段荔支筐鳥啄摧寒木蝸涎蠹畫梁孤煙知客恨遥起泰陵旁此詩亦載入文苑英華中并附録于此

華清宮二首

風樹離離月稍明九天龍氣在華清宮門深一作畫鎖無人覺半夜雲中羯鼓聲

天閣[一作闕又一作闊]沈沈夜未央碧雲仙曲舞[一作下]霓裳一聲玉笛向空盡月滿驪山[一作山中]宮漏長[注竝見上]

登盧氏臺

勝地當通邑前山有故居臺高秋盡出林斷野無餘白露鳴蛩急晴天度雁踈由來放懷地非獨在吾盧[陶潛詩吾亦愛吾盧]

牡丹

輕陰隅翠幃宿雨泣晴暉醉後佳期在[謝朓詩芳洲有杜若可以慰佳

期
歌餘舊意非蜨繁輕粉住（道書蜨交則粉退）蠭重抱香歸莫
惜熏爐夜因風到舞衣

水漾晴紅壓疊波曉來金粉覆庭莎裁成豔思偏應巧
分得春光最數多欲綻似含雙靨笑（梁簡文帝詩夢想開嬌靨）正繁
疑有一聲歌華堂客散簾垂地想凭闌干斂翠蛾

反生桃花發因題

病眼逢春（一作相逢）四壁空（史記司馬相如居徒四壁立）夜來山雪破東
風未知王母千年熟且共劉郎一笑同（漢武內傳王母下命侍女索桃

果須臾以玉盤盛仙桃七顆大如雞卵形員青色毋以
四顆與帝三顆自食桃味甘美口有盈味食輒收其核
王母問帝帝曰欲種之母笑曰此桃三千年一生實非
下土所植也李賀金銅仙人辭漢歌茂陵劉郎秋風客
已落又開橫晚翠似無如有帶朝紅僧虔蠟炬高三尺
未詳宋書王曇首常與兄弟集會子孫任其戲適僧達
跳下地作彪子僧虔累十二博棊既墜亦不重作僧綽
採蠟燭珠為鳳皇僧達奪取打壞亦不復惜莫惜連宵照露叢

杏花

紅花初綻雪花繁重疊高低滿小園庾信賦有小園賦正見盛
時猶悵望豈堪開處已繽翻情為世累詩千首醉是吾

鄉酒一尊見卷四杳杳豔歌春日午出牆何處隔朱門見卷五

和太常杜少卿東都修竹里有嘉蓮唐書東都隋置貞觀六年號洛陽宮光宅元年曰神都天寶元年曰東京肅宗元年復為東都

春秋罷注直銅龍晉書杜預字元凱著春秋經傳集解漢書上嘗息召太子出龍樓門張晏曰門樓上有銅龍舊宅嘉蓮照水紅兩處龜巢清露裏史記龜策傳龜千歲乃遊蓮葉之上褚先生曰江南嘉林龜在其中常巢于芳蓮之上一時魚躍翠莖東江南詞魚戲蓮葉東詳卷一同心表瑞荀池上隋杜公贍同心芙蓉詩名蓮自可念況復

兩心同苟半面分妝樂鏡中 南史梁元帝徐妃諱昭珮池見卷八無容質不見禮於帝二三年一入房妃以帝眇一目每知帝將至必為半面妝以俟帝見則大怒而出 世說補衛伯玉為尚書令見樂廣奇之曰此人人之水鏡

應為臨川多麗句 沈約宋書謝靈運陳郡人也博覽群書文章之英江左莫逮初辟瑯邪王大司馬行參軍復為臨川郡守

故持重豔向西風 近代吳歌芙容始結桊抱豔未成蓮

題磁嶺海棠花

幽態竟誰賞歲華空與期島回香盡處泉照豔濃時蜀彩澹搖曳吳妝低怨思王孫又誰恨惆悵下山遲

苦楝花 歲時記始梅花終楝花凡二十四番花信風

院裏鸜鵒歌歇牆頭舞蝶孤天香熏羽葆宮紫暈流蘇晻曖迷青瑣氤氳向畫圖只應春惜別留與博山爐 西曲歌楊叛兒云郎作沈水香儂作博山爐

自有巵至京師已後朱櫻之期 尚書注有巵夏同姓之國在扶風鄠縣

露員霞赤數千枝銀籠誰家寄所思秦苑飛禽諳熟早呂氏春秋仲夏之月羞含桃注含桃櫻桃也鸜鳥所含食故曰含桃 杜陵遊客恨来遲 見卷七

空看翠幄成陰日 陸機招隱詩密葉成翠幄 不見紅珠滿樹時 見卷

四

盡日徘徊濃影一作蔭下祇應重作釣魚期晉潘尼鼈賦序皇太子遊於玄圃遂命釣魚有得鼈而獻之者令侍臣賦之

答段柯古見嘲以下七首見絶句

彩翰殊翁金繚繞一千二百逃飛鳥尾生橋下未為癡莊子尾生與女子期於梁下女子不來水至不去抱橋柱而死莫雨朝雲世間少

蓮花

綠塘搖灔接星津軋軋蘭橈入白蘋應為洛神波上韈至今蓮蘂有香塵洛神賦凌波微步羅韈生塵

過吳景帝陵 吳志孫休字子烈權第六子在位七年薨時年三十謚曰景皇帝葬定陵

王氣銷來水淼茫豈能才與命相妨虛開直瀆三千里見卷二青蓋何曾到洛陽 江表傳皓載其母妻子及後宮數千人從牛渚陸道西上云青蓋入洛陽以順天命 吳志天璽元年吳郡言臨平湖自漢末草薉擁塞長老相傳湖塞天下亂湖開天下平近者無故忽開此天下當太平青蓋入洛之祥也皓以問都尉陳訓訓退而告人曰青蓋入洛者銜璧之徵也

龍尾驛婦人圖 新唐書逆臣傳禄山每過朝堂龍尾道南北睥睨久乃去

慢笑開元有倖臣直教天子到蒙塵 左傳臧文仲曰天子蒙塵於外敢不奔問官守令來看畫猶如此何況親逢絕世人 李延年歌北方有佳人絕

世而獨立

薛氏池垂釣

池塘經雨更蒼蒼萬點荷珠曉氣涼朱瑀空偷御溝水錦鱗紅尾屬嚴光後漢書宦者傳郎中梁人沈忠奏長樂五官史朱瑀繕修第舍連里竟巷盗取御水以作魚釣車馬服玩擬于天家嚴光見卷五

簡同志

閑濟由來變盛衰五車纔得號鎡基見卷六留侯功業何容易一卷兵書作帝師漢張良傳良常間從容步游下邳圯上有一老父衣褐出一編

書曰讀是則為王者師後佐高祖定天下封留侯

瑟瑟鈿 程大昌演繁露唐語林盧昂主福建鹽鐵有瑟瑟枕大如斗憲宗召市人估其值或云至寶無價或云美石非真瑟瑟則令世所傳瑟瑟或皆煉石為之邪

翠染冰輕透露光墮雲孫壽有餘香 華嶠漢書梁冀妻孫壽作愁眉啼妝墮馬髻 只應七夕回天浪添作湘妃淚兩行 見卷七

元日 以下七首見歲時雜咏

神耀破氛昏新陽入晏温緒風調玉吹 庾信春賦玉管初調 端日應銅渾 後漢張衡傳作渾天儀漢名臣奏惟渾天者近得其情令史官所用候臺銅儀則其法也 威

鳳蹌瑤簴升龍護辟門應璩與劉公幹書鶤鷄棲翔鳳之條黿鼉遊升龍之川識真者所爲憤結也雨暘春令煦洪範八庶徵曰雨曰暘曰燠曰寒曰風曰時裘冕晬容尊周禮司服祀昊天上帝則服大裘而冕

二月十五日櫻桃盛開自所居躡履吟翫競名王澤章洋才

曉覺籠煙重春深染雪輕靜應留得蜨繁欲不勝鸎影亂晨飈急香多夜雨晴似將千萬恨西北爲卿卿見卷四

寒食節日寄楚望二首

芳蘭無意綠弱柳何窮縷心斷入淮山夢長穿楚雨繁花如二八好月當三五王僧孺詩二八人如花三五月如鏡愁碧竟平皋韶紅換幽圃流鸝隱員樹乳燕喧餘哺鮑照詩乳燕逐草蟲曠望戀曾臺離憂集環堵儒行儒有一畝之宫環堵之室當年不自遣晚得終何補鄭谷有樵蘇見卷四歸來要腰斧家之兩千萬未詳時當一百五荆楚歲時記去冬節一百五日即有疾風甚雨謂之寒食颸颸楊柳風穰穰櫻桃雨年芳苦沈潦心事如摧櫓歡聞變歌邪娑尚未眠肝心如摧櫓金犢近蘭汀金犢注見卷三銅龍接花塢銅龍

注見上張敦頤六朝事蹟桃花塢在蔣山寶公塔之西北舊有桃花甚盛今不復存青葱建楊宅

隱轔端門鼓西京賦隱轔鬱律吳志建興元年十二月雷雨天災武昌端門改作端門詳見卷一

綵素拂庭柯輕毬落鄰圃秋千打毬皆寒食事詳卷四三春謝游衍王維桃源行辭家終日長游衍一笑牽規矩獨有恩澤侯漢書有外戚恩澤侯表

歸來看楚舞見卷一

清明日

青娥畫扇中杜甫詩青娥皓齒在樓船春樹鬱金紅周禮注鄭玄曰鬱金煮之和鬯酒也鬱金若蘭出犯繁花露歸穿弱柳風馬驕偏避幰儀制令六

品以下皆不得用憶雞駭作開籠徐堅初學記鬬雞寒食事詳卷四柘彈何人發

黄鸝隔故宫

禁火日

駘蕩清明日儲胥小苑東長楊賦木擁槍纍以為儲胥范元實詩眼儲胥軍中藩籬也漢書蕭望之署小苑東門侯舞衫萱草緑春鬢杏花紅馬轡輕銜雪車衣弱向風時愁聞百舌殘睡正朦朧

嘲三月十八日雪

三月雪連夜未應傷物華只緣春欲盡留着伴梨花

楊柳枝八首

見郭茂倩樂府詩集　案樂府詩集薛能曰楊柳枝者古題所謂折楊柳也太平御覽楊柳枝曲者白傳典揚州時所撰尋進入教坊也古今詩話拱素善歌小蠻善舞樂天賦詩有曰櫻桃拱素口楊柳小蠻腰至於高年又賦詩曰失盡白頭伴長成紅粉娃因為楊柳詞以託意云一樹春風萬萬枝嫩于金色軟于絲永豐東角荒園裏盡日無人屬阿誰及宣宗朝國樂唱是詞帝問永豐在何處左右具以對遂因命取永豐柳兩枝植于禁中白感上知又為詩云一樹衰殘委泥土雙枝移種植天庭定知此後天文裏柳宿光中見兩星洛下文士無不繼作

宜春苑外最長條　漢宮闕名長安有宜春宮庾信春賦宜春苑中春已歸杜甫詩誰謂朝來

不作意狂風挽斷最長條閒裊春風伴舞腰白居易楊柳枝詞枝裊輕風似舞腰正是
玉人腸斷處王子年拾遺記蜀先主甘后玉質柔肌先主置于白綃帳中如月下聚雪河南獻玉人置后側晝則講說軍謀夕則擁后而翫玉人后與玉人潔白齊潤寵者非惟妬后亦妬玉人也白居易楊柳枝詞柳絲挽斷腸牽斷彼此應無續得期一渠春水赤闌橋白居易詩鴨頭新綠水雁齒小紅橋杜佑通典隋開皇三年築京城引香積渠水自赤闌橋經第五橋西北入城
南內牆東御路旁唐詩注玄宗即位以隆慶坊舊邸為興慶宮後又增廣遂為南內其正殿曰大同東北即龍池殿預知春色柳絲黃李白詩柳色黃金嫩杏花未肯無
情思何事行一作情人最斷腸案李商隱柳下暗記無奈巴南柳千條傍吹臺更將

黄映白擬作杏花媒用意畧同

蘇小門前柳萬條白居易詩柳色深藏蘇小家毵毵金線拂平橋白居

易楊柳枝詞黄金枝映洛陽橋黄鸝不語東風起深閉朱門伴細腰杜甫

詩隔戸楊柳弱嫋嫋恰似十五女兒腰

金縷毵毵碧瓦溝劉禹錫楊柳枝詞千條金縷萬條絲六宮眉黛惹春愁

梁元帝詩柳葉生眉上唐太宗柳詩半翠幾眉開曉一作晚來更帶龍池雨錢起詩龍

池柳色雨中深半拂闌干半入樓陳後主折楊柳詩入樓含粉色

館娃宮外鄴城西白居易楊柳枝詞紅版江橋青酒旗館娃宮暖日斜時遠映征

帆近拂隄白居易詩柳條無力魏王隄繫得王孫歸思切不關春草綠萋萋

兩兩黃鸝色似金杜甫詩兩箇黃鸝鳴翠柳開元遺事明皇每于禁苑中見黃鸝呼之為金衣公子裊枝啼露動芳音春來幸自一作有長如線可惜牽纏蕩子心徐陵折楊柳詩妾對長楊苑君登高柳城春還應共見蕩子太無情

御柳如絲映九重南史劉悛之為益州刺史獻蜀柳數株枝條狀如絲縷武帝植于靈和殿前嘗賞玩咨嗟曰此楊柳風流可愛似張緒當年薛琮和楊柳枝詞上皇曾采人間曲應逐歌聲入九重

鳳皇窗柱繡芙容庾信賦繫馬于鳳皇樓柱崔顥盧姬篇水晶簾箔繡芙容景陽樓畔

千條露一面新妝待曉鐘盧貞和楊柳枝詞上陽宮女呑聲送不分先歸舞細腰

織錦機邊鶯語頻江淹別賦織錦曲兮泣已盡停梭垂淚憶征人李白烏夜啼停梭悵然問故夫欲說遼西淚如雨塞門三月猶蕭索縱有垂楊未覺春王瑳折楊柳詩塞外無春色上林柳已黃梁元帝詩垂柳復垂楊

客愁

客愁看柳色日日逐春深蕩漾春風裏誰知歷亂心

和周繇廣陽公宴嘲段成式詩

唐詩紀事繇詩題廣陽公宴成式速罷馳騁坐觀花豔或有眼飽之嘲詩及段荅詩並六韻

齊馬馳千駟見論語盧姬遲十三樂府解題盧女者魏武帝時宮人也故將軍陰升之姊七歲入漢宮善鼓琴至明帝崩後出嫁為尹更生妻梁簡文帝妾薄命曰盧姬嫁日晚非復少年時蓋傷其嫁遲也

玳筵方盼睞任昉箋盼睞成飾詳卷六金勒自趁趲車轂詩意欲趁趲走先作野遊盤

隨珥情初洽謝朓夜聽伎詩墮珥合琴心鳴鞭戰未酣吳筠詩鳴鞭適大阿

神交花冉冉江表傳權曰孤與子與可謂神交眉語柳毿毿原注柳吳興云窗疎眉語度

却詈青鸞鏡見卷四翅翻翠鳳篸吳筠詩鳳皇簪落髮篸簪同

專城有佳對古樂府四十專城居寧肯顧春蠶宋之問江南曲摘葉餧春蠶

光風亭夜宴妓有醉毆者成式韋蟾同咏出紀事

吳國初成陳王家欲解圍拂巾雙雉叫翻瓦兩鴛飛魏志文帝問周宣曰吾夢殿屋兩瓦墜地化爲鴛鴦何也宣對曰後宮當有暴死者帝曰吾詐卿耳宣曰夫夢者意耳苟已形言便占吉凶言未卒黃門令奏宮人相殺

新添聲楊柳枝辭二首一作南歌子

雲溪友議庭筠與裴郎中誠友善爲此詞飲筵競唱打令有劉採春女周德華雖羅嗊之歌不及其母而楊柳之詞採春難及崔郎中芻言寵愛之將至京洛豪門女弟子從其學者甚衆所唱七八篇乃賀知章楊巨源劉禹錫韓琮滕邁諸名流之咏溫裴所稱歌曲請德華一陳音韻以爲浮豔之美德華終不取焉二君深有媿色

一尺深紅蒙一作勝麴塵四聲寶彙桒畫淺黃色麴塵深黃色或以指衣或以指柳天生舊物不如新竇元妻古怨歌衣不如新人不如故合歡桃核終堪恨烟花記煬帝以合歡水果賜吳絳僊裏許元來別有人

井底點燈深燭囑伊共郎長行莫圍碁違期後魏李邵啟曹植作長行局即雙陸也胡王作握槊亦雙陸也李肇國史補今之博戲有長行最盛其局有博有子子有黃黑各十五擲采之骰有二其法生放握槊變於雙陸又有小雙陸圍透大路小點遊談鳳翼之名然無如長行也玲瓏骰子安紅豆入骨相思知不知紅豆名相思子詳見卷一宋郊益州方物志紅豆葉員以澤素蘤春敷子生莢間纍纍綴珠注花白色實若大紅豆以是得名葉如冬青蜀人以為果釘

題李衛公詩二首

新唐書李德裕字文饒元和宰相吉甫子也策功拜太尉進封趙國公又陳願得封衛改封衛國公盧氏雜記李德裕武宗朝為相勢傾朝野及罪譴作詩云云南部新書以為庭筠所作案此二詩語涉譏刺飛卿貶謫本傳可據與衛公無涉且本集首春與丞相贊皇公游止詩云一抛蘭櫂逐燕鴻曾向江湖識謝公又題李相公賜屏風詩云幾人同保山河誓獨自棲棲九陌塵則知此詩定非飛卿所作南部新書不足信也姑存之以備考

蒿棘深春衛國門九年於此盜乾坤兩行密疏傾天下

新唐書德裕所居安邑里第有院號起草亭曰精思每計大事則處其中雖左右侍御不得豫

一夜陰謀達至尊

新唐書德裕當國凡六年方用兵時決策制勝它相無與故威名獨重於時

內視

具僚忘匕箸世説補崔瞻在御史臺恒於宅中送食備盡珍羞有一御史姓裴伺瞻食便往造焉瞻不與交言又不命匕箸裴坐視瞻食罷而退氣吞同列削寒温南史蔡撙傳自詹事以下咸來造謁及其引進但暄寒而已此外無復餘言當時誰是承恩者肯有餘波達鬼邨新唐書德裕既沒見夢令狐綯曰公幸哀我使得歸葬綯語其子滈滈曰執政皆其憾可乎既夕又夢綯懼曰衛公精爽可畏不言禍將及白於帝得以喪還勢欲凌雲威觸天列子共工氏與顓頊爭帝怒觸不周之山折天柱絶地維權傾諸夏力排山漢書項羽歌曰力拔山兮氣蓋世三年驥尾有人附後漢隗囂傳蒼蠅之飛不過數步即託驥尾便得絶羣德裕與牛僧孺各立朋黨人指曰牛李一日龍顔無

路攀龍顧事見封禪書詳卷六新唐書宣宗即位貶為崖州司户參軍事明年卒畫閣不開梁燕去漢公孫弘傳至宰相封侯於是起客館開東閣以延賢人與參謀議朱門罷埽乳雅還漢書曹參為齊相有魏勃欲見家貧無以自通乃早夜埽舍人門外千巖萬壑應惆悵世說顧長康曰千巖競秀萬壑爭流鮑照詩千巖盛阻積萬壑勢縈回流水斜傾出武關柳宗元館驛使壁自灞而南至於藍田其驛六其蔽曰商州其關曰武關

題谷隱蘭若見段成式絕句辨體集以為庭筠詩似誤元稹詩注谷隱寺在峴山亭側華嚴經願一切衆生常安居止阿蘭若處寂靜不動釋氏要覽梵言阿蘭若此言空靜

風帶巢熊拗樹聲老僧相引入雲行半坡新路畬繞了

一谷寒煙燒不成 見卷三

觀棊 一作段成式詩

閑對楸枰傾一壺 方言投博謂之枰韋曜博弈論所志不出一枰之上說文棊局為枰詳卷二

黃華坪上幾成盧 柳毅於東府聚樗蒲大擲一判應止數百萬餘人並黑犢以還惟劉裕及毅在後毅次擲得雉大喜褰衣遶牀叫謂同坐曰非不能盧不事此耳裕惡之因挼五木久之曰老兄試為卿答既而四木俱黑其一子轉躍未定裕厲聲喝之即成盧焉

他時謁帝銅龍水

便賭宣城太守無 南史羊宣保善弈宋文帝與賭郡宣保勝以補宣城太守常中使至召之其子戎曰金溝清泚銅池搖颺既佳風景當得劇棊漢書宣帝時金芝九莖產於函德殿銅池中

温飛卿集箋註卷九

總校官舉人臣章維桓
校對官中書臣楊揆
謄録監生臣顧桂森

圖書在版編目（CIP）數據

温飛卿集箋注 / (唐) 温庭筠撰 ; (明) 曾益注.
—北京 : 中國書店, 2018.2
ISBN 978-7-5149-1898-4

Ⅰ. ①温… Ⅱ. ①温… ②曾… Ⅲ. ①唐詩－注釋
Ⅳ. ①I222.742.4

中國版本圖書館CIP數據核字(2017)第317804號

四庫全書·別集類

温飛卿集箋注

作者 唐·温庭筠撰 明·曾益注
出版發行 中國書店
地址 北京市西城區琉璃廠東街一一五號
郵編 一〇〇〇五〇
印刷 山東汶上新華印刷有限公司
開本 730毫米×1130毫米 1/16
印張 26.75
版次 二〇一八年二月第一版第一次印刷
書號 ISBN 978-7-5149-1898-4
定價 九六元